Thomas Dellenbusch

CHASE
Jagd auf die stumme Dichterin

Die Deutsche Nationalbibliothek verzeichnet diese Publikation in der Deutschen Nationalbibliographie. Detaillierte bibliographische Daten sind im Internet über http://www.dnb.de abrufbar.

Thomas Dellenbusch
"Chase – Jagd auf die stumme Dichterin"

Deutsche Erstveröffentlichung
1. Auflage 2015
2. Auflage 2020
Copyright © 2015 Thomas Dellenbusch
Alle Rechte vorbehalten
Lektorat & Satz: KopfKino-Verlag
Covergestaltung: Katharina Netolitzky

KopfKino-Verlag
Thomas Dellenbusch
Gluckstr. 10
D-40724 Hilden

ISBN: 978-3-9816987-0-1

www.MeinKopfKino.de

THOMAS DELLENBUSCH

CHASE
Jagd auf die stumme Dichterin

THRILLER

Über KopfKino:

KopfKino, das sind berührende, nachdenkliche oder auch spannende Geschichten in **Spielfilmlänge**. Ihre ungefähre Lesezeit liegt zwischen 60 und 180 Minuten.

Sie eignen sich daher wunderbar für all die vielen kleinen zeitlichen Zwischenräume, die das Leben hat: für die Reisezeit in Bahn, Auto oder Flugzeug, für die Stunden in Wartezimmern, für den Nachmittag im Freibad oder am Strand, vor dem Schlafengehen oder einfach so für zwischendurch, um circa zwei Stunden unterhaltsam zu füllen.

Da ihre Lesezeit ungefähr der Länge eines Spielfilms entspricht, eignen sie sich auch hervorragend, um sie sich gegenseitig vorzulesen und den Fernseher einmal ausgeschaltet zu lassen. Lassen Sie sich von Fernseher und Leinwand nicht das ganze Vergnügen abnehmen.

Schließen Sie die Augen und genießen Sie Ihren eigenen Film im Kopf.

Jede Erzählung ist als eBook und als Hörbuch erhältlich, viele auch als Taschenbuch.

Informieren Sie sich regelmäßig auf
MeinKopfKino.de
über Neuerscheinungen, die Autoren, Termine für Lesungen, Hintergründe, oder laden Sie sich einzelne Geschichten als eBook oder Hörbuch herunter.

1

Enrique Allmers war auf dem Weg ins *La Vela*, als ihn die junge Frau über den Haufen rannte. Er hatte sie nicht kommen hören. Sie war durch den Torbogen gekommen, der den Fischmarkt mit der Buttstraße verband, gerade als Enrique daran vorbei schlenderte und ihren Laufweg kreuzte. Sie prallte ungebremst gegen ihn, riss ihn um und purzelte ihrerseits über den fallenden Männerkörper, der so plötzlich und unverhofft vor ihr aufgetaucht war. Als sich beide wieder aufrappelten, bemerkte Enrique, warum er den Laufschritt der Frau nicht hatte hören können. Sie trug keine Schuhe!

Sie war barfuß.

In Sekundenbruchteilen scannte er das Wichtigste, wie er es gewohnt war. Anfang bis Mitte zwanzig, schulterlanges dunkles Haar. Knielanges dunkles Kleidchen.

Unverletzt, abgehetzter, angsterfüllter Blick.

Aber diesmal, noch bevor er etwas sagen konnte, hörte er Laufschritte, die sich ebenfalls aus der Buttstraße näherten und immer lauter wurden. Er hörte, dass es vier Füße waren, die in festem Schuhwerk über das Pflaster hetzten.

Die junge Frau in dem Kleidchen schaute zunächst noch einmal kurz in jene Richtung, in der sie unterwegs gewesen war, schlug sich aber offensichtlich jeden Gedanken an eine Fortsetzung ihrer Flucht aus dem

Kopf. Stattdessen ergriff sie Enriques Arm und zog seinen Körper schützend vor sich.

Dann waren die Männer auch schon da.

Enrique Allmers kannte diese Typen. Groß, breitschultrig, kurz geschorene Haare, fetter runder Kopf. Teure schwarze Anzüge, schwarze Westen, schwarzer Schlips. Funk- oder Telefonstöpsel im Ohr. Die Halfter der Waffen unter den Jacketts waren zwar erstaunlich schmal, aber sie entgingen ihm nicht. Dafür war sein Blick zu geschult. Außerdem überraschte es ihn keineswegs, dass die beiden Männer nicht außer Atem waren. Sehr gute Kondition.

Enrique spürte, wie die schmalen Hände zitterten, die sich an ihn klammerten.

»Mach, dass Du verschwindest«, forderte der rechte der beiden Verfolger ihn rüde auf.

»Was ist los?«, flüsterte Enrique der Frau zu, die hinter seinem Rücken in Deckung blieb, aber er bekam keine Antwort. Stattdessen meldete sich der zweite Mann zu Wort:

»Hörst Du schlecht? Verschwinde!«

Mit einem schnellen und geübten Griff seiner linken Hand löste er behutsam die Finger der Frau, die sich bis dahin immer noch an seinen Oberarm geklammert hatten. Dann ließ er sie zurück und machte einen Schritt auf die Männer zu.

»Wenn ihr euch in meine Lage versetzt, werdet ihr verstehen, dass ich jetzt unmöglich gehen kann«, sagte er in einem ruhigen und gelassenen Ton. Die beiden

Spürhunde sahen sich zunächst verwundert an, dann kamen sie auf ihn zu. Langsam vergrößerte sich dabei der Abstand zwischen ihnen, um Enrique zwei unabhängige Fronten anzubieten. Er jedoch registrierte beruhigt, dass keiner von ihnen Anstalten machte, die Waffe aus dem Schulterhalfter zu ziehen. Sie waren wohl davon überzeugt, ihn einschüchtern oder notfalls mit einem Rempler oder auch einem Schlag aus dem Weg räumen zu können.

Aber da sollten sie sich täuschen.

Als sie nah genug heran gekommen waren, sprang er aus dem Stand durch eben jene Lücke, die die beiden absichtlich zwischen sich hatten entstehen lassen. Sie aber taten genau das, was er einkalkuliert hatte. Sie drehten sich zu ihm um.

Diesen Moment nutzte Enrique Allmers aus. Er traf den rechten der beiden mit einem kräftigen Schwinger an der Schläfe, so dass dieser drohte, wie ein nasser Sack auf das Pflaster zu fallen. Aber Enrique ergriff ihn sofort unter den Armen und hielt ihn in einer aufrechten Position, so dass der Mann ihm als Schutzschild diente.

Er griff schnell mit seinen Fingern unter das Jackett des Bewusstlosen, zog dessen Waffe aus dem Halfter und richtete sie unter den Armen seines Opfers hindurch auf dessen Partner. Die ganze Aktion hatte keine drei Sekunden in Anspruch genommen, so dass dieser nicht schnell genug hatte reagieren können. Der Mann stand da, hob langsam seine Arme und sagte:

»Mach keinen Scheiß! Du weißt nicht, mit wem du dich hier anlegst.«

Enrique Allmers deutete mit dem Lauf seiner Waffe auf jene, die sich unter dem Jackett seines Gegenübers abzeichnete. Der Mann zog sie vorsichtig mit Daumen und Zeigefinger heraus, legte sie auf das Pflaster und gab ihr mit dem Fuß einen Stoß, so dass sie zu Enrique hinüber schlitterte.

In diesem Moment spürte er, wie in den Körper, den er hielt, die Spannung zurückkehrte. Er stieß den Aufwachenden von sich, bückte sich, ergriff die zweite Waffe und richtete beide auf seine Gegner. Der eine der beiden hob seinen noch benommenen Partner auf, stützte ihn, und dann verschwanden beide in jene Gasse, aus der sie gekommen waren.

Enrique sah sich um. Überall hatten sich Passanten hinter Autos, hinter den großen Brunnen oder in Hauseingänge verzogen und beobachteten das Geschehen. Die junge Frau in dem dunklen Kleid sah ihn mit aufgerissenen Augen an und war nicht in der Lage, sich zu bewegen. Er steckte sich die beiden Pistolen in den Hosenbund, ergriff ihre Hand und zog sie mit sich fort.

»Kommen Sie!«, raunte er ihr zu und rannte los.

Er lief mit ihr bis zu seinem geparkten Pajero, öffnete die Beifahrertüre, half der Frau hinein, setzte sich hinters Steuer und fuhr los.

»Also?«, sprach er die Frau neben sich an, während

er durch Altona in Richtung St. Pauli fuhr. »Wer waren die Typen?«

Die junge Frau saß zusammengekauert auf dem Beifahrersitz und hatte ihr Gesicht in den Händen vergraben. Sie antwortete ihm nicht.

»Ich bin Rique«, versuchte er es erneut, »also eigentlich Enrique, meine Mutter ist Spanierin, aber mir gefällt das kurze Rique besser. Wer sind Sie?«

Die Frau schluchzte immerfort, hielt ihre Hände vors Gesicht und wischte sich Tränen und Nasenschleim weg. Aber sie reagierte nicht auf seine Fragen.

»Hey!« Rique stupste sie an. Erschrocken fuhr sie zusammen, schaute ihn mit großen Augen an und drückte sich, so weit es ging, von ihm fort an die Beifahrertür.

»Um Himmels willen, Mädchen! Entspann dich. Du bist in Sicherheit. Ich tue dir nichts. Ich bin auf der richtigen Seite.« Rique bog in die Helgoländer Allee ab. Er bewohnte ein großes Penthouse an der Außenalster, und dorthin wollte er sie erst einmal bringen.

»Sofern ein mit der Polizei arbeitender Detektiv für dich überhaupt zur richtigen Seite gehört«, fügte er leise hinzu.

Er vermutete, dass sie zu jenen unglücklichen Mädchen oder Frauen gehörte, die unter dem Vorwand, in Deutschland einen Job als Kellnerin zu bekommen, illegal hierher geschleust wurden. Kaum eingetroffen kam dann das böse Erwachen. Man nahm ihnen die Pässe ab, hielt sie in ihren Zimmern gefangen und zwang sie zur Prostitution. *Möglicherweise*, dachte er, *spricht sie kein Deutsch und antwortet mir nicht, weil sie mich nicht versteht.* Rique sprach sie erneut an, indem er einige jener Länder in englischer Sprache aufzählte, aus denen sie stammen könnte:

»Croatia? Serbia? Rumania? Russia? Ukraine?«

Keine Reaktion. Die Frau sah ihn noch nicht einmal an. Sie hatte sich zwar mittlerweile etwas beruhigt, aber sie stierte aus dem Beifahrerfenster und wirkte völlig paralysiert.

Rique gab es auf.

Zu Hause angekommen, parkte er in der Tiefgarage des vierstöckigen Gebäudes, half der Frau aus dem Wagen und nahm mit ihr den Aufzug in sein Penthouse. Es erstreckte sich über die gesamte vierte Etage und verfügte darüber hinaus über eine ebenso große Dachterrasse, von der aus man herrlich über die Außenalster schauen konnte.

Die junge Frau sah sich beeindruckt um. Seine Wohnung bestand im Wesentlichen nur aus einem über 200 qm großen Raum. In ihm standen lediglich ein Esstisch mit sechs Stühlen, eine Sofa-Kombination mit einer Stehlampe, ein großer Flachbild-Fernseher und ein kleines Bücherregal. Der Rest des Raumes wurde von Matten, Fitnessgeräten aller Art und einem großen Boxsack bestimmt. Sonst sah sie noch vier Zimmertüren. Dahinter befanden sich Riques Schlaf- und Arbeitszimmer, sowie Küche und Bad. Die ganze

Atmosphäre war hell und freundlich, weil die großen Fenster das Penthouse nahezu verschwenderisch mit Tageslicht fluteten.

Rique schloss die Wohnungstür und bedeutete ihr mit einer Geste, sich an den Tisch zu setzen. Dann ging er in sein Schlafzimmer und sperrte die beiden erbeuteten Pistolen in seinen Safe. Zurück im Hauptraum steuerte er auf das Bad zu, öffnete dessen Tür und zeigte mit dem ausgestreckten Arm hinein.

»Falls du mal ins Bad musst...«

Die Frau sah ihn an, schüttelte aber ihren Kopf. *Die erste richtige Reaktion*, dachte er. Das war ein Anfang.

»Was trinken?«, machte er einen zweiten Versuch, aber diesmal sah sie ihn nur an und reagierte wieder nicht. Rique krümmte seinen rechten Zeigefinger und führte mit ihm eine imaginäre Kaffeetasse zum Mund, während er sie dabei fragend ansah.

Wieder schüttelte sie den Kopf.

Okay, sie versteht also kein Deutsch. Dann eben alles mit Pantomime.

Er holte sich das Telefon, das neben dem Sofa stand, setzte sich dann ebenfalls an den Esstisch und wählte die Nummer seines Büros.

»Andree, hör zu! Ich habe am Fischmarkt eine junge Frau aus den Klauen von zwei Bulldoggen befreit. Vermutlich eine Zwangsprostituierte aus Osteuropa, der die Flucht gelungen ist. Sie versteht jedenfalls kein Deutsch und sagt nichts.«

Während Rique seinem Mitarbeiter berichtete, was

sich zugetragen hatte, stand die junge Frau auf und ging zu einem der großen Fenster. Von hier aus konnte man hinunter auf die Wohnstraße sehen.

»Im Moment gehe ich noch davon aus, dass sie keinen Kontakt zur Polizei haben will, um nicht angezeigt und abgeschoben zu werden. Ich versuche mal, etwas aus ihr rauszukriegen. Stell du doch bitte eine Liste zusammen, welche Buden wir im weiteren Umkreis des Fischmarkts bzw. der Buttstraße kennen.«

Unter *Buden* verstanden sie illegale oder halb-legale Bordelle, meist in den Hinterzimmern von Kellerbars oder in privaten Wohnungen. Dort wurden diesen unglücklichen Frauen täglich Frischfleisch suchende Freier zugeführt.

Plötzlich klatschte die Frau in die Hände und machte ihn so auf sich aufmerksam. Dann zeigte sie aufgeregt aus jenem Fenster, an dem sie stand.

»Was ist?«, fragte Rique ganz ruhig und sah sie an. »Andree, wie lange brauchst du für die Liste? Ich komme nachher mal rüber.« Er sprach ins Telefon, doch sein Blick blieb bei ihr.

Dann legte er auf und ging zu der Frau, die ihn aufgeregt erwartete. Rique schaute aus dem Fenster hinunter zur Straße, wohin sie seinen Blick mit dem Zeigefinger lenkte.

Zwei lange, silberne Mercedes Limousinen hatten auf der gegenüber liegenden Straßenseite halb auf dem Gehweg geparkt. Acht Männer in schwarzen Anzügen waren ausgestiegen. Vier besetzten strategische

Positionen in der näheren Umgebung. Die anderen vier marschierten auf den Hauseingang zu. Rique hatte keinerlei Zweifel daran, dass sie über die Möglichkeiten verfügten, sich Zutritt zu verschaffen.

»Woher zum Teufel...?«, fluchte er und ergriff ihren Arm. Dabei verzog sie das Gesicht. Er ließ ihn wieder los, und sie kratzte sich an jener Stelle, die er ergriffen hatte. Rique nahm ihren Arm erneut und betrachtete die Stelle eindringlich. Entsetzt entdeckte er eine Einstichstelle, die noch nicht besonders alt war. Daneben konnte er unter der Haut einen Fremdkörper fühlen, etwas kleiner als eine Erbse.

Ein GPS-Sender, verdammt!

Nun erkannte auch die Frau, warum diese Stelle an ihrem Arm juckte und ein wenig schmerzte. Sie sah Rique ebenso neugierig wie aufmerksam in die Augen, abwartend, was er nun tun würde. Der ergriff ihre Hand und steuerte mit ihr auf die Wendeltreppe zu, die auf die Dachterrasse führte.

Sie liefen an ihr östliches Ende. Dort kletterte Rique über die hüfthohe Plexiglas-Abtrennung. Dahinter ging es auf das etwa zwei Meter darunter liegende Dach des Nachbarhauses. Rique sprang und landete wie eine Raubkatze sicher federnd auf seinen Füßen. Dann sah er hoch und bedeutete der Frau mit einer Geste, dass sie es ihm gleichtun solle. Er würde sie auffangen. Sie zögerte kurz, aber dann sprang auch sie. Beim Auffangen musste er einen Ausfallschritt nach hinten machen, um sich zu stabilisieren, dann hielt er sie fest und sicher. Ihr Haar duftete nach Apfelshampoo. Er drehte sich um, nahm sie wieder an die Hand und überquerte auch dieses Dach. An dessen Ende sprang er erneut auf das nächst tiefere. Sie folgte ihm schnell, und wieder fing er sie auf. Der letzte Sprung ging auf das Dach einer Garage und von dort auf ein kleines Rasenstück. Die Garage befand sich in einer Seitenstraße, die von der Frontseite seines Hauses nicht einzusehen war.

Rique zog einen Schlüsselbund aus der Hosentasche und öffnete mit einer daran befindlichen Fernbedienung die Garage. Sie gehörte zu dem letzten flachen Gebäude, von dem sie gesprungen waren, und in diesem befand sich sein Büro. Rique und die Frau setzten sich in den VW Golf, der in der Garage stand. Dann fuhr er damit in nördlicher Richtung davon.

Er drückte eine Kurzwahl auf dem Touchscreen in der Mittelkonsole, und kurz darauf meldete sich Andree über die Freisprechanlage. Ihm erklärte er schnell die entstandene Situation und teilte ihm mittels einer codierten Formulierung mit, wohin er zu fahren gedenke. Dann legte er wieder auf.

Vor seinem Haus betrachtete derweil in einer der beiden silbernen Limousinen ein Mann in einem schwarzen Anzug einen kleinen Monitor, drückte die Sprechtaste am Lenkrad und sagte mit ruhiger Stimme: »Sie fliehen und zwar ziemlich schnell in nördlicher Richtung, vermutlich motorisiert. Aktion abbrechen. Zurückkommen!«

2

Rique fuhr auf direktem Weg zurück nach St. Pauli, in jene Straßenzüge, die früher als das Chinesenviertel bekannt gewesen waren. In der Talstraße fand er einen Parkplatz. Er stieg aus und bedeutete der Frau, ihm zu folgen.

Vor einem Mietshaus blieb er stehen und öffnete die Haustür mit einem eigenen Schlüssel. Sie durchquerten das Treppenhaus. Es empfing sie der Duft von Kartoffeln und Kohl, die in einer der Wohnungen gerade auf dem Herd stehen mussten. Sie verließen es wieder durch eine Hintertür. Dann standen sie in einem riesigen Hinterhof und betraten kurz darauf eine eingeschossige Halle, die das Zentrum der Anlage beherrschte. Hier trainierten gut zwei Dutzend junge Männer an Sandsäcken, auf Laufbändern, an Hanteln und Gewichten. Die, die von ihrer Tätigkeit aufsahen, begrüßten Rique lauthals, und er winkte ihnen kurz zu. Dann führte er seine Begleitung durch eine Tür in einen Nebentrakt, in dem sich zwei Büros, Umkleidekabinen und ein Erste-Hilfe-Raum befanden.

»Ooh... 'ique, sei geg'üßt, mein F'eund.«

Ein alter Chinese von gut und gerne 75 Jahren erhob sich hinter seinem Schreibtisch und kam auf die beiden zu. Selbst für einen Asiaten war er ungewöhnlich klein, keine 1,65 Meter. Trotz seines Alters konnte man sehen, dass er ein ausgiebig sportliches Leben geführt hatte oder noch führte. Das Auffälligste an ihm war jedoch sein Blick. Eindringlich und wissend. Wer ihn zum ersten Mal sah, dachte unwillkürlich an jene altehrwürdigen und spirituellen Meister entsprechender Kinoproduktionen.

»Und wen hast du uns da mitgeb'acht?«

Der alte Mann legte seine Handflächen aufeinander und verbeugte sich kurz vor der hübschen jungen Frau und dann vor Rique. Dieser erwiderte ernst und respektvoll diese rituelle Begrüßung.

»Wir haben nicht viel Zeit, Trainer«, antwortete Rique, »sie trägt einen GPS-Sender. Der muss weg, so schnell wie möglich!«

Der Chinese wandte sich an die junge Frau und sagte: »Da'f ich mal sehen?«

Zu Riques großem Erstaunen hielt sie ihm ihren Arm mit der leicht geröteten Einstichstelle hin, so als habe sie seine Frage genau verstanden.

»Du verstehst uns also doch?«

Rique sah die Frau irritiert an. Dr. Liangs ungewöhnlich helle Augen hefteten sich auf Rique. Dann erzählte dieser ihm in kurzen Worten, was sich zugetragen hatte. Auch dass er bisher dachte, sie verstehe kein Deutsch.

Sein väterlicher Lehrer sah der jungen Frau aufmerksam ins Gesicht. In der ihm eigenen ruhigen Art sprach er sie mit Gebärden an. Zum ersten Mal huschte ein Lächeln über ihr Gesicht. Fassungslos sah Rique, wie die junge Frau diese Gebärden erwiderte. Er griff nach einem der Stühle und setzte sich hin.

»Sie kann seh' gut Deutsch, 'ique. Aber sie ist taubstumm. Doch bevo' wi' uns weite' unte'halten, kümme' ich mich e'stmal um den Sende'. Ich könnte einen kleinen Schnitt setzen und den Sende' he'ausd'ücken. Abe' wi' können nicht betäuben, nu' ein wenig Eis benutzen.«

Liang übersetzte das für die Frau in Gebärdensprache und erntete von ihr ein furchtloses Nicken. Rique sah sie anerkennend an.

»Ist Deine Enkelin zufällig hier, Trainer?«

Mit fester Stimme überspielte Rique seine Anspannung. Der Alte nickte und wies mit seinem Kopf in Richtung Trainingshalle.

»Hole du den verdammten Sender heraus, ich komme in ein paar Minuten zurück«, sagte er barscher, als er es beabsichtigt hatte.

Er fand Liangs Enkelin Chen Lu auf einer der Matten. Sie machte Situps. Chen Lu war noch einen halben Kopf kleiner als die Unbekannte, dürfte aber in etwa deren Schuh- und Kleidergröße haben.

»Chen Lu, ich brauche dich mal für ein paar Minuten. Wir gehen shoppen.«

Die zierliche Chinesin verdrehte zunächst ihre Augen, dann aber sprang sie auf und sagte: »Für mich, Rique? Prima!« Er nahm sie bei der Hand und zog mit ihr davon. »Diesmal kein Spaß, Kleine. Ich brauche dich wirklich.«

Nach einer halben Stunde waren sie zurück. Rique legte ein T-Shirt, eine schwarze, elastische Leggins,

Sneakersocken und ein Paar Turnschuhe auf den Tisch und machte der jungen Frau mit einer Geste verständlich, dass sie ihr Kleidchen gegen die neuen Sachen austauschen solle. Ohne ihn anzusehen, ergriff sie die Kleidungsstücke, ließ ihn stehen und verschwand in einer der Umkleidekabinen.

Dr. Liang hatte den Sender wie geplant heraus drücken können, die Wunde gesäubert und sie mit einem großen Wundpflaster gesichert. Er drückte seiner Enkelin den Sender in die Hand und bat sie, mit ihrem Motorroller zur Elbe zu fahren und den Sender in den Fluss zu werfen. Chen Lu nahm ihn, schnappte sich ihren Helm und stürmte aus dem Haus. Sie stieg auf ihren Roller und brauste los. Der Fluss lag nur etwa drei Minuten entfernt. Als sie jedoch an einer Ampelkreuzung einen Streifenwagen stehen sah, dessen Seitenscheiben an diesem heißen Tag heruntergefahren waren, huschte ein Lächeln über ihr Gesicht. Sie hielt daneben und ließ den Sender unbemerkt auf den Rücksitz des Streifenwagens fallen. Als die Ampel auf Grün umsprang, wartete sie den Gegenverkehr ab, drehte und fuhr zurück.

Nachdem die unbekannte Frau sich umgezogen hatte, bat Rique seinen Lehrer, sie zu fragen, wer hinter ihr her sei und warum.

»Sie heißt Katja K'ömer, soviel weiß ich schon«, sagte Liang, setzte sich auf einen Stuhl und begann, sich mit ihr in Gebärdensprache zu unterhalten. Was sie ihm dabei erzählte, gab Liang leise an Rique weiter.

Sie lebe mit ihrer Mutter zusammen, ihr Vater sei schon seit einigen Jahren tot. Gestern morgen sei sie mit dem Flugzeug aus Spanien zurück gekommen, wo sie eigentlich noch eine weitere Woche Urlaub habe machen wollen. Aber einen Tag zuvor habe sie eine SMS ihrer Mutter erhalten, sie möge unverzüglich nach Hause kommen, es sei etwas Schlimmes passiert. Sie habe dann einen vorzeitigen Rückflug gebucht. Aber noch vor ihrer Rückkehr, wurde ihre Mutter zwischenzeitlich bei einem Überfall auf ihr Juweliergeschäft lebensgefährlich angeschossen und sei kurz darauf im Krankenhaus verstorben. Die Täter seien flüchtig, die Fahndung liefe. Noch im Krankenwagen habe ihre Mutter einen der Sanitäter gebeten, Katja etwas auszurichten, falls sie das nicht überleben sollte.

Die Nachricht lautete: »Rita kennt L12«.

Rita sei Rita Tietjen, eine Freundin ihrer Mutter. Sie wohne in der Gerstäckerstraße, und in der Hoffnung, von Rita Tietjen mehr zu erfahren, habe sie die Freundin ihrer Mutter gestern Abend aufgesucht. Diese habe die Tür etwas geöffnet und eine große Sonnenbrille getragen. Sie habe ihr nur zugeflüstert: »Verschwinde! Schnell!«, aber da sei die Wohnungstür auch schon von innen aufgerissen und Katja von zwei Männern in die Wohnung gezerrt worden. In der Wohnung habe einer der Männer Rita die Sonnenbrille von der Nase genommen, und Katja habe sehen können, dass die Frau misshandelt worden war. Ritas

Augen waren zugeschwollen und blutunterlaufen. Katja sei gezwungen worden, eine unbekannte Flüssigkeit zu trinken, worauf sie eingeschlafen sei. Erst am Morgen sei sie in einer fremden Wohnung erwacht. In der Buttstraße, wie sich herausstellen sollte. Sie sei aus dem Bett geklettert, in dem sie lag, und habe einen Blick in die Diele gewagt. Durch die leicht geöffnete Badezimmertür konnte sie beobachten, dass auch Rita hier war und von den beiden Männern geschlagen wurde. Katja habe sich durch die nicht verschlossene Wohnungstür hinaus schleichen und ohne Schuhe die Treppen hinunter hasten und über die Buttstraße davon rennen können. Doch ihre Flucht sei nicht unbemerkt geblieben. Die beiden Männer hätten die Verfolgung aufgenommen, und nach wenigen hundert Metern sei sie dann mit Rique zusammen gestoßen. Den Rest kenne er ja.

Während Katja mit ihren Händen erzählte, begann sie leise zu weinen. Der plötzliche Tod der Mutter, die Bilder der geprügelten Freundin und die Gefahren, in denen sie sich selbst wiedergefunden hatte, zollten nun ihren Tribut. Erst jetzt, nachdem ihre Flucht ein vorläufiges Ende gefunden hatte, lösten sich Anspannung und Schock. Sie zitterte plötzlich vor Aufregung und weinte immer wieder. Aber sie stockte kaum merklich, sondern erzählte in Gebärdensprache alles, was sie erlebt hatte.

Als sie fertig war, stand Rique auf und ging zu ihr. Katja saß auf der Krankenliege, auf der ihr Dr. Liang vor knapp einer Stunde den Sender entfernt hatte. Er setzte sich neben sie und nahm sie tröstend in den Arm. Das sorgte für einen langen Weinkrampf. Er ließ ihr die Zeit, sich zu beruhigen, auch wenn er wusste, dass sie keine weitere zu verlieren hatten. Er strich ihr tröstend über die Haare, während sie sich vorsichtig an ihn drückte und weinte.

Nach einer Weile legte er ihr die Hand unters Kinn und drehte ihr Gesicht zu sich. Er sprach zu ihr, und in der Hoffnung, dass Katja von seinen Lippen lesen könne, tat er es übertrieben langsam.

»Könntest Du mir das Haus zeigen, wenn wir in der Buttstraße sind? Vielleicht haben wir Glück und können Rita noch da raus holen, bevor sie sie woanders hinbringen oder noch Schlimmeres geschieht.«

Katja riss die Augen auf, wischte sich mit dem Unterarm die Tränen weg und nickte dann heftig.

Rique und Liang tauschten einen vielsagenden Blick aus, dann stand Rique auf. Er ging zu den Spinden im Nachbarraum und öffnete seinen eigenen mit seiner Zahlenkombination. Er entnahm ihm einen schwarzen, breiten Ledergürtel, den er sich sofort um die Hüfte band. An dem Gürtel waren mehrere Taschen angebracht, in denen sich alle möglichen Utensilien befanden, die er unter Umständen brauchen würde.

»Möchtest du Chen Lu mitnehmen?«, fragte ihn der alte Chinese. Das zierliche Mädchen sah Rique an, faltete ihre Hände vor der Brust und flüsterte ein stummes »Bitte...«

»Das ist keine schlechte Idee«, sagte Rique, legte seinem Lehrer die Hand auf die Schulter und fügte noch hinzu: »Wir kommen danach wieder hierher.«

In der Buttstraße wies Katja auf ein dreistöckiges Wohnhaus. Während Chen Lu sich umsah, holte Rique aus einer seiner Gürteltaschen einen Dietrich und öffnete mühelos die Haustür. Dann betraten sie das Treppenhaus. Es war dunkel und stank nach Müll und Alkohol. Katja wies nach oben, und über knarrende Treppenstufen schlichen sie vorsichtig bis in den zweiten Stock. Dort deutete Katja auf eine von zwei Türen. Rique dirigierte die beiden Frauen neben den Türrahmen. Er legte sein Ohr an das Türblatt, und nachdem er keine Geräusche im Inneren wahrgenommen hatte, öffnete er auch diese Tür langsam und leise.

»Du bleibst hier und passt auf«, flüsterte er Chen Lu zu. Katja folgte ihm ohne Zögern in die Diele. Es handelte sich um einen breiten, fast quadratischen Raum, von dem fünf Türen abgingen. Zwischen zwei von ihnen stand eine dunkle Kommode, über der ein großer Spiegel hing. Auf der anderen Seite hing eine Garderobe an der Wand mit ein paar Haken und einer Hutablage.

Katja legte ihre Hand auf die Klinke jener Tür, hinter der sich das Badezimmer befand, in welchem sie Rita zuletzt noch gesehen hatte. Rique bedeutete ihr sofort, sich zurückzuhalten.

In dem Moment öffnete sich eine andere Tür, und einer der beiden Männer, mit denen Rique es schon am Morgen zu tun bekommen hatte, trat in die Diele. Er trug kein Jackett, so dass sein Schulterhalfter mit einer neuen Waffe sofort zu sehen war. In seiner Hand hielt er ein aufgeschlagenes Buch, in dem er beim Gehen las.

Aber als er Katja in Begleitung jenes Mannes erblickte, der ihr am Fischmarkt geholfen hatte, reagierte er blitzschnell. Er schleuderte das Buch in Riques Richtung und hatte sofort die Waffe im Anschlag.

»Ganz ruhig«, sagte Rique und hob die Arme.

Der Mann erwiderte zunächst nichts. Er richtete stattdessen den Lauf seiner Waffe auf Katja.

»Los, du Sack! Lege dich flach auf den Bauch und strecke alle Viere von dir«, fluchte er.

Als Rique nichts dergleichen tat, »Sofort, oder die Kleine ist tot!«, seine Stimme überschlug sich.

Rique registrierte ein leichtes, nervöses Zittern darin. Aber statt sich wie gefordert hinzulegen, stellte er sich schützend vor Katja, die hinter seinem breiten Kreuz vollständig verschwand.

»Wie du willst...«, sagte sein Gegenüber.

Rique reagierte blitzschnell, als er sah, wie sich die Pupillen des Mannes weiteten. Er versuchte, ihn anzuspringen. Dann knallte der Schuss.

Rique wirbelte getroffen herum und fiel bäuchlings auf seinen linken Arm. Katja war unfähig, sich zu bewegen. Mit aufgerissenen Augen beobachtete sie, dass unter Riques Oberkörper Blut hervorquoll und den Teppich tränkte. In dem Moment flog ein dünnes Etwas mit einem hellen Schrei über Rique hinweg an ihr vorbei. Chen Lu rollte sich über Schultern und Rücken ab und stand plötzlich dicht vor dem Mann in der Hocke. Ein kurzer, trockener Fausthieb auf den Solar Plexus und unmittelbar darauf ein beidseitiger Handkantenschlag gegen den Hals, und der Mann sackte ohne einen Laut wie ein nasser Sack in sich zusammen. Chen Lu nahm ihm die Waffe aus der schlaffen Hand, sprang zu Rique, öffnete zielgerichtet eine der Gürteltaschen und entnahm ihr ein Paar Handschellen. Dann drehte sie den Verbrecher auf den Bauch und fesselte seine Arme auf den Rücken.

»Gut gemacht, Kleine«, hörte sie Riques brüchige Stimme hinter sich. Er hatte sich auf den Rücken gedreht und hielt eine Hand auf den linken Oberarm, der unablässig blutete. Das Ganze hatte nur Sekunden gedauert. Sein ansonsten von vielen Joggingrunden um die Alster gebräuntes Gesicht war auffallend blass. Katja löste sich aus ihrer Starre und zog sich geistesgegenwärtig ihr neues T-Shirt über den Kopf. Sie hockte sich neben ihn und band seinen Oberarm damit oberhalb der Schusswunde ab. Dann umarmte sie ihn.

Chen Lu war schon in den anderen Zimmern unterwegs. Da niemand auf den Schuss reagiert hatte, war sie sich sicher, dass sie alleine in der Wohnung waren. Im Gegensatz zu den anderen Türen, war die des Badezimmers verschlossen. Rique hatte sich inzwischen aufgerappelt und trat gegen sie. Mit einem Krachen zersplitterte das Holzpaneel, und sie flog auf. Rita Tietjen lag auf den Fliesen und hatte sich nach dem Schuss an die Badewanne gedrückt. Ihr Gesicht war schwer gezeichnet von den Schlägen, die ihr die beiden Männer verpasst hatten. An ihren Lippen, an ihren Ohren und in ihren Haaren klebte getrocknetes Blut. Sie war bei Bewusstsein und zitterte. Beide Augen waren vollkommen zugeschwollen. Katja eilte zu ihr, hockte sich neben sie und nahm sie vorsichtig in den Arm. Sie und Chen Lu versuchten, die Frau aufzurichten.

»Können Sie gehen?«, fragte Chen Lu.

Rita Tietjen nickte schwach. Bevor sie ganz auf den Beinen war, setzte sie sich kurz auf den Wannenrand.

»Wir müssen hier weg, bevor der zweite von denen zurück kommt«, sagte Rique. Er hielt den verletzten Arm an den Körper gezogen und kämpfte sichtbar mit den Schmerzen. Chen Lu ging mit der Pistole des noch Bewusstlosen voran, während Rique und Katja die geschwächte Rita stützten. Sie verließen unbehelligt das Haus und überquerten die Buttstraße bis zu Riques Wagen. Dabei verdrängte Katja den Gedanken daran, dass sie nur in einem schwarzen BH über die Straße ging. Eine ältere Frau in feuerrotem Korsett und hohen Lackstiefeln starrte neugierig zu ihnen hinüber. Nachdem Rita und Katja auf dem Rücksitz Platz genommen hatten, wollte sich Rique ans Steuer setzen. Chen Lu schob ihn resolut beiseite.

»Ich fahre, Großer. Keine Widerrede!«

Sie lächelte und zwinkerte ihm zu. Er gab bereitwillig nach und setzte sich auf den Beifahrersitz. »Dann fahre vorsichtig mit dem guten Stück«, sagte er und ließ offen, ob er den Wagen oder sich selbst damit meinte.

Im Wagen war die Anspannung aller zu spüren, die nur sehr langsam abklingen wollte. Rita hatte ihren Kopf nach hinten gelegt. Katja drückte ihr die Hand und streichelte immer wieder tröstend über Ritas Oberarm. Mehrmals schaute sie befangen zu Rique und auf seinen linken Arm. Rique drehte den Kopf nach hinten und sagte mit einem bemühten Lächeln: »Nicht so schlimm.« Er machte eine beschwichtigende Bewegung mit seiner rechten Hand.

3

Als sie die Trainingshalle wieder betraten, machten alle anwesenden Sportler dem kleinen Trupp unwillkürlich Platz. Zwei der jungen Männer nahmen Rique und Katja die verletzte Frau ab und halfen ihr ins Behandlungszimmer.

»Hat's dich erwischt, Rique?«, fragte ein athletisch gebauter Mann in einem Muskelshirt.

»Nicht so tragisch, hoffe ich.«

Der alte Liang betrachtete kurz Ritas Kopf, bat sie höflich um ein wenig Geduld und wandte sich dann Rique zu.

»Lass mal sehen«, sagte er, riss den Ärmel von Riques Hemd auf und begutachtete die Wunde.

»Halb so schlimm, Junge. Du hast Glück gehabt, es ist wohl nu' ein St'eifschuss. Setze dich mal besse' hin.« Er nahm Desinfektionsspray und Einweghandschuhe aus dem Erste Hilfe Schrank. Er löste Katjas T-Shirt und reichte es ihr. Trotz der Blutflecken streifte sie es sich schnell über.

Dr. Liang säuberte die Wunde, desinfizierte sie und legte einen Mullverband an. Chen Lu klopfte Katja auf die Schulter und sagte: »Ich bin gleich wieder da, ich hole dir eben ein neues.« Dabei zupfte sie an ihrem eigenen, eng anliegenden Sportshirt. Katja verstand, ergriff sofort Chen Lus Arm und hielt sie fest. Dann drückte sie die kleinere Chinesin an sich und lächelte sie dankbar an.

»Chen Lu hat uns rausgeboxt«, erklärte Rique seinem alten Lehrer, »ich hätte es vermasselt. Hatte den Typ unterschätzt.«

Liang nickte einmal kurz zum Zeichen, dass er verstanden hatte. In dieser kleinen Geste war ein gewisser Stolz auf seine Enkelin nicht zu übersehen. Chen Lu beugte sich zu Rique hinab, drückte ihm einen Kuss auf die Wange und lief aus dem Raum. Nun wandte sich Dr. Liang Rita zu. Die schlimmste Verletzung war die Platzwunde am Jochbein. Er säuberte und desinfizierte auch diese und verschloss sie anschließend mit einem Klammerpflaster. Dann tränkte er ein Handtuch mit kaltem Wasser, stopfte es in eine Plastiktüte und gab sie ihr mit der Aufforderung, ihr Gesicht damit zu kühlen. In dem Moment kam Chen Lu mit einem neuen T-Shirt zurück. Katja nahm es dankbar entgegen und tauschte es schnell gegen das blutige.

Dann setzte sie sich zu der Freundin ihrer Mutter auf die Krankenliege und streichelte ihr die freie Hand. Rita ergriff sie und drückte sie fest.

Dr. Liang kam zu ihnen und setzte sich ebenfalls auf die Kante der Liege und fragte die Frau: »Können Sie sp'echen?«

»Es tut etwas weh, aber es geht«, presste sie etwas mühsam hervor.

»Was wollen die Männe' von Ihnen?«

Während er das fragte, reichte er ihr ein Tuch, das

mit einer angenehm riechenden Flüssigkeit getränkt war und bedeutete ihr, es sich über die Augen zu legen.

Rique und Chen Lu nahmen sich einen Stuhl und gesellten sich dazu. Katja forderte Dr. Liang in Gebärdensprache auf, seine Frage zu wiederholen. Das tat er auch, und er fügte für alle hinzu, dass Katja ihn dazu aufgefordert hatte. Er verstehe ihre Gesten.

»Ich habe den Männern schon nichts gesagt, die mich geprügelt haben, und ich werde auch hier nichts sagen, solange ich nicht weiß, dass Katja sich hundertprozentig sicher fühlt.«

Dr. Liang schien problemlos Ritas Worte für Katja zu übertragen. Alle konnten sehen, wie schwer es Rita fiel, mit geschwollenem Gesicht und den gerissenen Lippen Worte zu formulieren.

Katja stupste Dr. Liang an und gab ihm mit Gebärden ein Wort. Er wollte es für Rita schon aussprechen, stutzte aber dann, so als sei er sich nicht sicher, ob er Katja richtig verstanden habe. Er drehte sich wieder zu Katja und fragte:

»Ophelia?«

Erleichtert atmete die Frau auf der Liege auf. Katja nickte, und Rita brachte hervor:

»Das war es, was ich hören wollte. Ophelia ist das Codewort, das mir Katjas Mutter Ramona eingeschärft hat, für den Fall, dass Katja mich in irgendeiner Begleitung aufsuchen sollte. Dann würde sie es nämlich nur preisgeben, wenn sie dieser Begleitung bedingungslos vertraue. Ich weiß zwar nicht, wer Sie alle sind, aber ich danke Ihnen.«

Rique kratzte sich nachdenklich am Kopf.

»Steckt Ophelia in dem Kürzel L12? Kann mir das mal einer erklären?« Gespannt sah er Katja an.

»Ich kann es nicht«, sagte Rita, »mir hat ihre Mutter nur dieses Codewort genannt. Was Sie jetzt mit L12 meinen, das sagt mir nichts.«

Katja hatte über die Lippenbewegungen die Worte verstanden und erklärte mit ihren Händen, was es mit L12 auf sich hatte. Sie habe kürzlich ihren neuen Gedichtband veröffentlicht. Zwischen ihr und ihrer Mutter hatte jedes ihrer Gedichte eine heimliche Kennung. Die bestehe aus einer Zahl und dem Buchstaben L für Luise, ihrem Pseudonym als Dichterin. Und das Gedicht L12 hieße Ophelia. Daher habe sie angenommen, Ophelia sei ein Sicherheitswort, das sie Rita gegenüber nennen müsse.

»Deine Mutter scheint eine kluge Frau gewesen zu sein«, entfuhr es Rique, und er ohrfeigte sich sofort dafür, denn er bemerkte eine plötzliche und tiefe Trauer in Katjas Augen. Impulsiv griff er nach ihrer Hand. Dann wandte er sich Rita zu.

»Rita, was hat Katjas Mutter Ihnen für ihre Tochter hinterlassen?«

Die Frau räusperte sich. Dann erklärte sie, dass Katjas Mutter vor drei Tagen, einen Tag vor dem tödlichen Überfall auf ihr Juweliergeschäft, ganz aufgeregt bei ihr gewesen sei. Sie meinte, es sei etwas Schlimmes passiert, und ihr Leben sei nicht mehr sicher. Warum und durch wen Ramona sich bedroht fühlte, das wüsste sie nicht, und Ramona habe es ihr auch nicht verraten. Sie habe ihr einen kleinen Schlüssel für ein Schließfach im Hauptbahnhof übergeben, den sie Katja aushändigen solle, sollte Ramona bis zu Katjas Rückkehr aus Spanien etwas zustoßen. Was sich in dem Schließfach befinde, auch das wisse sie nicht. Kurz nach Ramonas Tod seien dann diese Männer aufgetaucht und hätten versucht, aus ihr heraus zu prügeln, wo sich die Unterlagen befinden. Aber sie habe überhaupt nicht gewusst, was sie meinten. Von dem Schließfachschlüssel habe sie jedenfalls nichts gesagt. Rita war ihre Erschöpfung inzwischen deutlich anzumerken.

»Ich frage mich die ganze Zeit, wieso die Männer auf Sie gekommen sind, Rita«, rätselte Rique in die eingetretene Stille. »Es könnte natürlich sein, dass der Sanitäter oder ein anderer im Krankenwagen die Nachricht Ramonas auch an diese Männer weitergegeben hat. Dann hätten wir es mit einem der ganz großen Syndikate in Hamburg zu tun, die überall ihre Spitzel und Zuträger haben.« Er rieb sich das Kinn. »Aber selbst wenn das so ist, erklärt das immer noch nicht, woher sie so genau wussten, wer mit Rita gemeint ist. Es sei denn...« Rique hielt inne. Dann murmelte er vor sich hin, als spräche er mit sich selbst: »Es sei denn, Ramona wurde schon seit längerem, vielleicht seit Jahren observiert, und diese Leute kannten alle ihre Sozialkontakte.«

Er drehte sich zu Katja und fragte sie eindringlich, so dass sie seine Worte lesen konnte: »Kann das sein? Ich meine, kannst du dir das vorstellen? Hat deine Mutter mal so etwas vermutet, oder weißt du irgendwas, was diese Annahme plausibel erscheinen lässt?«

Katja zuckte mit den Achseln und schüttelte den Kopf. Dann fiel Riques Blick auf ihren Oberarm. Unter dem kurzen Ärmel des neuen T-Shirts erkannte er das untere Ende einer Tätowierung, die ihm bisher entgangen war. Er rückte näher an sie heran, lupfte den Ärmel nach oben und betrachtete die vollständige Tätowierung. Es handelte sich um das astrologische Zeichen für Zwilling mit einer kleinen 2 daneben.

Die ganze Zeit hatte Chen Lu geschwiegen. Jetzt aber mischte sie sich ein: »Was könnte denn vor drei, vier Tagen Katjas Mutter so beunruhigt haben, dass sie plötzlich in Panik verfiel?«

»Das ist eine gute Frage«, erwiderte Rique, rückte wieder von Katja ab und holte sein Telefon aus der Hosentasche. Er rief Andree an und forderte ihn auf, im Pressearchiv zu recherchieren, ob und was vor drei oder vier Tagen an außergewöhnlichen Dingen passiert sei.

Danach wandte er sich erneut an Rita.

»Wo ist der Schließfachschlüssel, von dem Sie sprachen?«, wollte er von ihr wissen.

»Er liegt in einer halbvollen Flasche Olivenöl in meinem Küchenschrank«, antwortete sie.

»Cooles Versteck!«, platzte Chen Lu heraus.

Rique trat an die Frau auf der Liege heran.

»Ist es in Ordnung, wenn wir ihn holen? Haben Sie Ihren Wohnungsschlüssel noch?«

Rita bejahte den ersten und verneinte den zweiten Teil der Frage. Ihren Schlüssel habe sie nicht mitnehmen können, als die Männer sie und Katja verschleppten. Sie erklärte ihm noch, dass ihre Wohnung im siebten Stock des Hochhauses sei. Es handele sich um die Tür direkt gegenüber des Aufzuges. Dann klingelte sein Handy.

Es war Andree.

»Hör mal, Boss. Muss ich dich raus hauen, oder was? Du bist ja nicht gerade mitteilsam. Ich habe nichts wirklich Außergewöhnliches gefunden. Sommerloch! Eine Messerstecherei auf der Reeperbahn, sonst nichts. Ich schicke dir den Link zum Zeitungsartikel.«

Rique begann, aufmerksam zu lesen.

Vor vier Tagen hatte es einen Streit zwischen zwei rivalisierenden Jugendgangs in einer Bar auf der Reeperbahn gegeben, in deren Verlauf einer der Jungen erstochen wurde und noch am Tatort verstarb. Es war ein Foto von der am Boden liegenden Leiche abgedruckt, wenn auch mit einem Tuch abgedeckt. Lediglich der rechte Arm schaute darunter hervor. Die Hamburger Polizei sei sich sicher, dass es sich um ein Tötungsdelikt des organisierten Verbrechens handele. Rique sah etwas in dem Bild, das ihn den Atem anhalten ließ. Auf dem sichtbaren Oberarm des jungen Mannes entdeckte er eine Tätowierung.

Das Zwillingszeichen mit einer 1 daneben.

Er schaute Katja mit großen Augen an, und als er den entsprechenden Bildausschnitt auf seinem Display vergrößerte und ihn ihr zeigte, riss auch sie Augen und Mund auf. Es sah so aus, als wolle sie schreien, doch sie brachte keinen Ton hervor.

»Kennst du etwa den Jungen?«, fragte er sie.

Katja konnte ihren Blick nicht von seinem Display nehmen, schüttelte aber den Kopf. Stattdessen zeigte sie sichtlich fassungslos immer wieder auf dessen Tätowierung.

»Was bedeutet dein Tattoo denn?«, fragte Rique.

Sie erklärte Dr. Liang, der es mündlich wiedergab, dass sie im Sternzeichen des Zwillings geboren sei und zwar am 2. Juni, daher die 2.

Rique wurde nachdenklich. Das war zu individuell und weit davon entfernt, eine ins Auge springende Verbindung zu dem Mann auf dem Foto herzustellen.

»Wann hast du das machen lassen?«

Katja erklärte, dass sie die Tätowierung überhaupt nicht selber hat machen lassen. Ihre Mutter habe sie stechen lassen, als sie noch sehr klein war. Sie könne sich selbst gar nicht mehr daran erinnern. Aber ihre Mutter habe ihr die Bedeutung später erklärt.

»Das wird ja immer verrückter«, seufzte Rique.

Er zeigte Liang das Bild und erklärte dabei Rita, was darauf zu sehen sei.

Dann rief er noch einmal in seinem Büro an und bat Andree darum, den Namen des Toten herauszufinden.

Anschließend erklärte er den anderen, dass er zuerst mit Katja den Schließfachschlüssel aus Ritas Wohnung holen werde.

»Vielleicht bekommen wir dann endlich ein paar Antworten«, sagte er. »Das wird auch Zeit.«

Er drehte sich zu dem alten Chinesen um und fragte ihn: »Kann Rita erst mal hier...« Weiter kam er nicht. Liang nickte einmal, stand auf und legte Rique die Hand auf die Schulter. »Kein P'oblem, mein F'eund. Wi' b'ingen sie gleich nach oben. Da kann sie sich hinlegen und aus'uhen«, beruhigte er ihn.

Rique nahm sich eine Armschlinge aus dem Erste Hilfe Schrank, legte sie sich um und seinen linken Arm hinein. Er schnappte sich die Waffe, die Chen Lu aus der Buttstraße mitgebracht und auf den Schreibtisch ihres Großvaters gelegt hatte, kontrollierte sie und schob diese dann ebenfalls in die Schlinge. Er nahm Katja wie selbstverständlich an die Hand und drehte sich zum Gehen.

Doch Chen Lu versperrte ihnen im Türrahmen den Weg. Sie stand da mit vor der Brust verschränkten Armen, zog die Augenbrauen böse zusammen und wippte ebenso abwartend wie auffordernd mit ihrem rechten Fuß.

»Ist ja gut«, sagte Rique, »komm mit!«

Ein triumphierendes Lächeln huschte über ihre Lippen. Sie löste ihre Arme, drehte sich um und stürmte voran.

4

Während Chen Lu den Golf durch die Straßen Hamburgs lenkte, sprach Rique mit Katja. Sie nickte in regelmäßigen Abständen, um ihm zu zeigen, dass sie ihn über seine Lippen verstehen könne.

»Ich bin mir ganz sicher, dass dieses Foto in der Zeitung deine Mutter in Panik versetzt hat. Das kann kein Zufall sein. Sie hat dir als kleines Kind eine Tätowierung stechen lassen, das hat mich stutzig gemacht. Und jetzt treffen wir auf eben diese Tätowierung bei dem einzigen nennenswerten Vorfall der letzten Tage, von dem sie vermutlich gelesen hat. Ich glaube, deine Mutter hat dir nicht die Wahrheit gesagt. Die 2 auf deinem Arm bedeutet nicht, dass du am 2. Juni geboren bist, sondern dass du die Zweite in irgendeiner Reihe bist, und dieser junge Mann war die Nummer 1.«

Er unterbrach sich, weil sein Handy klingelte.

Katja wurde kreidebleich. Bedeutete das, dass man nun hinter ihr her sei, nachdem man die Nummer 1 erledigt hatte? Und was hatte das Ganze überhaupt zu bedeuten? Was sollte das für eine Reihe sein, in der sie die Nummer 2 bildete?

Ihr wurde schwindelig. Hatten ihre Eltern etwas vor ihr verheimlicht?

Rique legte auf und sah Chen Lu von der Seite an. »Das war Andree«, sagte er, »der Tote hieß Luka Marone.«

»Scheiße!«, platzte es aus Chen Lu heraus. Sie schlug mit der flachen Hand auf das Lenkrad.

Katja tippte Rique auf die Schulter und sah ihn mit einem auffordernd fragenden Blick an. Sie hatte den Namen, den er Chen Lu nannte, mitlesen können und wollte wissen, warum dieser Name Chen Lu aufgeregt habe.

»Marone ist einer jener Clans, die große Teile der Hamburger Unterwelt kontrollieren: Schutzgeld, Drogenhandel, Prostitution«, erklärte er ihr. »Luka Marone wird ein Sohn, Neffe oder Enkel des Clan-Chefs Lorenzo Marone gewesen sein.« Katja hielt sich erschrocken die Hand vor den Mund.

»Katja, sei mir nicht böse, aber ich muss dich das fragen. Hatte deine Mutter früher einmal was mit diesem Milieu zu tun?«

Die junge Frau sah ihn empört an und schüttelte heftig den Kopf. Rique kratzte sich am Kinn. Er musste nachdenken.

Sie bogen in die Gerstäckerstraße ein. Es war eine kurze Sackgasse, die in einem Wendekreis mündete. Katja deutete auf ein achtstöckiges Haus. Als sie ausgestiegen waren und sich dem Haus näherten, verließ ein älterer Mann es gerade mit seinem Hund. Sie schlüpften zu dritt schnell an ihm vorbei ins Treppenhaus. Es gab zwar einen Aufzug, aber Rique wollte das Risiko nicht eingehen, plötzlich vor einem der Männer zu stehen, wenn sich gerade die

Fahrstuhltür öffnete. Also nahmen sie die Treppen und gingen bis in den siebten Stock. Dort angekommen bemerkten sie nichts Ungewöhnliches. Ritas Wohnungstür sah unbeschädigt aus und war verschlossen. Rique lauschte und öffnete sie vorsichtig mit dem Dietrich aus seinem Gürtel.

»Du wartest wieder hier«, flüsterte er Chen Lu zu, »das hat ja eben wunderbar funktioniert.«

Die zierliche Frau mit den schnellen Händen nickte und ließ Rique mit Katja in die Wohnung. Die war komplett verwüstet. Schubladen waren heraus gerissen und ihr Inhalt auf dem Boden verstreut. Polster, Kissen und Matratzen waren aufgeschlitzt, Schranktüren standen offen. Aus dem Bücherregal im Wohnzimmer hatten sie alle Bücher entnommen, durchfächert und dann einfach fallen lassen.

»Wonach sie suchen, muss wirklich wichtig sein«, murmelte Rique. In der Küche war das Chaos noch schlimmer. Die Türen der Hängeschränke standen offen. Pakete mit Nudeln, Reis und Mehl waren auf dem Küchenboden ausgekippt. Doch dann entdeckte Rique neben vielen Gewürzdosen die halbvolle Flasche mit Olivenöl, von der Rita gesprochen hatte. Sie war den Tätern nicht verdächtig vorgekommen. Rique griff sich die Flasche, Katja nahm eine Schüssel und stellte sie auf die Arbeitsplatte. Sie leerten die Flasche in dieser Schüssel aus, und heraus fiel auch ein kleiner Schlüssel mit der Nummer 371.

Die beiden tauschten einen vielsagenden Blick aus.

Rique spülte den Schlüssel unter fließendem Wasser ab und steckte ihn sich dann in die Hosentasche. Katja hingegen strich ihm über den Unterarm, sah zu ihm auf und lächelte ihn entschlossen an. Sie war ebenso neugierig darauf, was sie in dem Schließfach vorfinden würden, wie er.

*

Im Hauptbahnhof steuerten sie auf die Halle mit den Schließfächern zu. Rique flüsterte Chen Lu zu, sie möge sich etwas abseits halten und sie decken. Die Chinesin drehte sich um und war plötzlich in einer Menschenmenge verschwunden. Katja sah ihr nach, konnte sie aber nicht mehr entdecken. Es erschien ihr, als könne Chen Lu sich tatsächlich unsichtbar machen. Dann standen sie vor dem Schließfach 371, und Rique übergab der jungen Frau den Schlüssel. Immerhin gehörte alles ihr, was sich in diesem Schließfach befand. Sie sah ihn zunächst etwas unsicher an, dann führte sie den Schlüssel mit leicht zitternden Händen ins Schloss und drehte ihn. Das Fach öffnete sich, und Katja entnahm ihm einen dünnen Umschlag, auf dem ihr Name stand. Sie erkannte die Handschrift ihrer Mutter und wollte den Umschlag an Ort und Stelle öffnen, aber Rique ergriff ihre Hand.

»Später! Wenn wir unbeobachtet sind.«

Er hatte es sich mittlerweile angewöhnt, ihr automatisch den Kopf zuzuwenden, wenn er mit ihr sprach. Sie verstand ihn mit den Augen.

Dann verließen sie den Bahnhof im Vertrauen darauf, dass Chen Lu ihnen folgen würde. Tatsächlich stieß sie am Auto zu ihnen.

»Was ist es?«, fragte sie neugierig.

Katja wies auf den Umschlag und zuckte mit den Schultern. Dann stiegen sie ein und fuhren los. Sowohl Chen Lu als auch Rique sahen sich öfter um und in die Spiegel, um zu prüfen, ob ihnen jemand folgte. Aber das war nicht der Fall.

Auf dem Rücksitz öffnete Katja vorsichtig den Umschlag und zog zwei Blatt Papier heraus. Auf ihnen standen einfach nur Dutzende Zahlenreihen, die alle mit einem L begannen:

L2873453

L12466352

L6623987

u.s.w.

Katja ahnte sofort, was sie zu bedeuten hatten, zeigte Rique die Blätter und mimte mit ihrer rechten Hand, dass sie etwas zum Schreiben bräuchte. Rique öffnete das Handschuhfach und reichte ihr einen Kugelschreiber. Katja schrieb ihm eine Adresse auf den Umschlag, die er sofort in das Navigationsgerät eingab. Es war jene Adresse, wo sie mit ihrer Mutter lebte.

Ein Reihenhaus in Gross Flottbek.

Beim Näherkommen fiel Rique ein silberner Mercedes mit zwei Männern darin auf, der unweit des Hauses stand. Offenbar warteten sie auf Katja.

»Fahr langsam weiter!«, raunte er Chen Lu zu und bedeutete Katja mit einer energischen Handbewegung, sich zu ducken und flach hinzulegen. Chen Lu fuhr ohne Hast an dem Mercedes vorbei und bog an der nächsten Kreuzung einfach rechts ab. Rique blickte nach hinten und registrierte beruhigt, dass die Männer nicht reagierten.

Katja richtete sich auf. Ihr Plan war es, den Gedichtband aus dem Haus zu holen, um damit die Nachricht ihrer Mutter entziffern zu können. Aber sie könnten sich genauso gut ein Exemplar in einer Buchhandlung besorgen, dachte sie, und schrieb für Rique das Wort »Buchhandlung« auf den Umschlag.

Eine halbe Stunde später parkte Rique den Wagen wieder in jener Garage, aus der sie nach ihrer Flucht über die Dächer aufgebrochen waren. Die drei stiegen aus. In Katjas Händen befanden sich zwei dünne, hellblaue Bücher und der Umschlag aus dem Schließfach. Sie und Chen Lu folgten Rique in ein benachbartes Geschäft. Über eine vier Meter lange Schaufensterfront stand geschrieben: *Neptun Meeresaquaristik*. Im Inneren stand eine Verkaufstheke aus blau-weißem Paneelholz an der rechten Seite. Eine junge Verkäuferin in Jeans und mit kurzen Haaren begrüßte sie mit einem Lächeln. Überall war maritime

Dekoration zu sehen, und gegenüber der Theke stand ein in Betrieb befindliches Aquarium, in dem sich mehrere Clownfische tummelten.

Chen Lu winkte ihnen zu: »Huhu Nemos.«

Rique führte die beiden Frauen durch einen größeren Raum mit dreistöckig angelegten Aquarien, in denen sich Doktorfische, bunte Korallen und ein ganzer Schwarm Fahnenbarsche befanden. Dahinter folgte ein Büro, das unaufgeräumt aussah. Auf dem Schreibtisch türmten sich Belege und Unterlagen. Aktenordner und Fachbücher lagen kunterbunt durcheinander auf einem Seitentisch. In einer Ecke schlief ein großer brauner Hund auf seiner Wolldecke.

Rique begab sich vor eine Stahltür in der Wand und legte seine rechte Hand auf eine Sensorfläche daneben. Es war nur ein leises Klicken zu hören, dann öffnete Rique die Tür. Sie gingen durch einen kurzen, spärlich beleuchteten Gang, der zu einem großen Raum ohne Fenster führte. Beherrscht wurde der Raum im Zentrum von einer riesigen Schreibtisch-Konstellation in Hufeisenform. An jeder Seite saß ein Mann hinter vier Monitoren und war beschäftigt. Der Raum wurde von Leuchten an der Decke erhellt, die ein Licht erzeugten, das dem Tageslicht ähnlich war. An den Wänden standen mehrere Stahlschränke, in einer Ecke befand sich eine kleine Küchenzeile, auf der eine Kaffeemaschine blubberte. Als die Männer Rique bemerkten, sagte einer von ihnen:

»Captain auf Brücke!«

Das war Andree, der an der Kopfseite saß.

Ein untersetzter kleiner Computerfreak von Mitte vierzig mit einem langen, schwarzen Vollbart und einer Hornbrille mit dicken Gläsern.

»Hat es dich erwischt?«, fragte er, als er die Armschlinge um Riques Schulter sah. Aber Rique winkte nur ab, es sei nicht der Rede wert.

»Ist das die Verschleppte?«, fragte Andree dann und zeigte mit dem Finger auf Katja. »Hallo Chen Lu«, fügte er hinzu und hob entschuldigend die Hände. Rique legte Katja die Hand auf die Schulter und erwiderte:

»Meine Vermutung war falsch. Sie wurde nicht hierher gelockt. Sie ist Deutsche, aber sie hat ein Problem mit Marone. Warum wissen wir noch nicht, aber wir werden es heraus bekommen.«

Dann ging er zu einem der beiden anderen Männer, die im Gegensatz zu Andree jung und durchtrainiert aussahen. »Was Neues in Sachen Jasmin?«, fragte er ihn. »Ich bin dicht dran«, kam es von dem Mann zurück. »Morgen treffe ich einen vielversprechenden Informanten, könnte uns allerdings einiges kosten.«

Dann winkte Rique die beiden jungen Frauen in einen Nachbarraum mit einem Konferenztisch, der für Lagebesprechungen genutzt wurde. Katja folgte nur zögernd. Mit aufgerissenen Augen sah sie sich um und bestaunte die hochmoderne Kommandozentrale. Rique holte zwei Schreibblöcke und eine Handvoll Stifte aus einem Seitenschrank und legte alles auf den Tisch.

Nachdem auch Katja endlich im Konferenzraum war, setzten sie sich zu dritt an den Tisch. Rique schob ihr einen der Blöcke hin, wies auf die Stifte und bat sie, aufzuschreiben, was sie denke und was sie vorhabe.

Ich bin mir ziemlich sicher, was meine Mutter hier gemacht hat, schrieb sie und Rique nickte. *Diese Zahlenreihen beginnen alle mit einem L. Dahinter folgen sieben oder acht Ziffern.* Sie legte die beiden Blätter aus dem Umschlag auf den Tisch und deutete mit der Spitze ihres Kugelschreibers auf die mit einem L beginnenden Zahlenreihen. *Ich glaube,* schrieb sie weiter, *dass das L und die erste, beziehungsweise die ersten beiden Ziffern ein bestimmtes Gedicht in meinem Buch bezeichnen. Die letzten sechs Ziffern in jeder Zeile markieren Buchstaben in dem jeweiligen Gedicht.*

Sie hob einen Zeigefinger, um ihm verständlich zu machen, dass sie ihm vorführen wolle, was sie meinte. Rique nickte ihr auffordernd zu. Sie wies auf die erste Zahlenreihe.

L2873453

Dann trennte sie mit einem Bleistiftstrich die letzten sechs Ziffern vom Rest der Zeile.

L2/873453

Sie zeigte mit dem Finger auf den ersten Teil „L2", schlug eines der beiden mitgebrachten Bücher auf und blätterte bis zum dreizehnten Gedicht darin. »Stop!«, unterbrach Rique sie und legte seine Hand auf die ihre. »Wenn ich eure Kennung richtig in Erinnerung habe, müsste L2 das zweite Gedicht bedeuten oder nicht?«

Katja nickte lächelnd. Dann schrieb sie in den Block: *Die Kennung bezeichnet das zweite Gedicht, das ich geschrieben habe, aber der Verlag hat sie in einer anderen Reihenfolge in das Buch gedruckt. Im Buch ist es das dreizehnte.*

Rique formte mit seinen Lippen ein stilles und anerkennendes *Wow*. Katjas Mutter hatte ihre Botschaft absolut wasserdicht gemacht, sollten ihre Feinde doch das Schließfach ermitteln und die Zahlenreihen darin finden. Katja wandte sich wieder dem Gedicht zu, das sie aufgeschlagen hatte. Dann schaute sie noch einmal auf die sechs Ziffern in der Botschaft ihrer Mutter: *873453*

Sie zählte bis zur achten Zeile und in dieser bis zum siebten Buchstaben. Ein »W«. Dann dritte Zeile, vierter Buchstabe. Ein »A«. Und zuletzt fünfte Zeile, dritter Buchstabe, ein »R«.

War

Rique und Katja sahen sich in die Augen. »Du könntest Recht haben. Also dann, lass es uns versuchen«, sagte er.

Katja griff sich den zweiten Gedichtband und kennzeichnete für Rique alle 24 Gedichte mit der richtigen, der ureigenen Kennung von L1 bis L24, wie sie sich aus der Chronologie ihres Entstehens ergab. Dann schob sie es Rique zusammen mit dem zweiten Blatt ihrer Mutter hin, während sie sich das erste vornahm.

Das Ganze würde etwas Zeit in Anspruch nehmen, dachte sich Chen Lu. Sie stand auf, trat an Katja heran und nahm ihr Gesicht in beide Hände. Dann drückte sie ihr einen Kuss auf die Wange und reckte anerkennend einen Daumen nach oben. Katja fühlte sich geschmeichelt und lächelte sie an. Dann war die Chinesin auch schon auf dem Weg zu den Männern im Nebenraum.

»Na, Dicker? Schon ne Freundin gefunden?«, rief sie Andree entgegen, als sie den Besprechungsraum verließ.

»Klappe, Schlitzauge«, hallte es zurück.

Rique blätterte und blätterte, zählte Zeilen und Buchstaben, schrieb einen nach dem anderen auf und kontrollierte sie permanent auf ihre innere Logik und Schlüssigkeit. Katja tat mit ihrem Teil der Botschaft das Gleiche und war dabei sehr konzentriert, um keinen Fehler zu machen. Und obwohl die ermittelten Buchstaben in sich schlüssige Wörter ergaben, wurde sie aus ihnen noch nicht schlau.

Rique war etwas langsamer als Katja, weil er sich hin und wieder verführen ließ, einige Gedichte zu lesen. »L11« beispielsweise lautete:

Sehnsucht

Flieg Gedanke flieg
Überbrück den langen Weg
Überwinde Zeit und Raum
Erzähl von meinem Traum
Überbringe Sehnsucht, Liebe, Lust
Und leg mein Herz an seine Brust

Er fühlte, dass dieses Gedicht aus Katjas Feder stammte. Als er endlich fertig war, trugen sie ihre Ergebnisse zusammen und fügten diesen noch die vermuteten Kommata hinzu.

Die Botschaft Ramonas bestand aus einer Reihe unzusammenhängender Worte, gefolgt von einem neuen Gedicht:

Warburg, Morgentau, Berührung, Sehnsucht, Winterzeit,
Horizont, Ophelia

Die Lüge war's, die traurig mich gemacht
Doch leichter wog sie über jenem Schmerz
Verschlossen tief in dunklem Schacht
Der Wahrheit Gift, mein stummes Herz

Hab mit Schwüren und mit Schweigen
Dein eigen Blut von uns getrennt
Aus meinem Grabe wird nun steigen
Des Erbes Feuer, das Hecht und Stör verbrennt

In Deiner Kehle nur der Schlüssel steckt
Ans Licht zu holen, was Dir glich
Ein Gift, das süß nach Rache schmeckt
Vergib mir laut, ich liebe Dich

Katja liefen Tränen über die Wangen. Die Erkenntnis, ihre Mutter endgültig verloren zu haben, drängte sich plötzlich mit aller Macht in ihr Bewusstsein. Rique nahm sie in den Arm und hielt sie stumm fest. Chen Lu kam zurück. Als sie die weinende Katja in Riques Armen sah, ging sie zum Tisch, nahm den Bogen mit der Lösung und las.

»Oh Mann«, sagte sie und schluckte. Dann legte sie den Bogen zurück, setzte sich davor und strich mit ihrem Finger über einzelne Zeilen des Gedichtes. »So, wie es aussieht, hat Katjas Mutter etwas Bedeutendes vor ihr verheimlicht. Dieses Gedicht klingt wie eine Beichte«, sagte sie.

Katja wischte sich die Tränen weg und löste sich aus Riques Umarmung. Dann setzten sich die beiden zu Chen Lu. Rique lehnte sich zurück und ergriff einen Laptop, der hinter ihm auf einem Sideboard lag und startete ihn. Er tippte die Zeilen, die sie zusammen getragen hatten, sauber ab und drehte sich dann zu Katja.

»Hast du was dagegen, wenn ich es sechsmal ausdrucke und die Jungs vorne mitdenken lasse?«

Katja schüttelte den Kopf als Zeichen ihres Einverständnisses. Schnell kamen sechs Kopien aus dem Drucker und wurden verteilt. Katja schrieb auf einen Zettel: *Das sind Titel einiger Gedichte* und deutete auf die voran gestellte Wörterreihe.

»Das war mir auch aufgefallen«, meinte Rique.

Aber Warburg nicht, ergänzte sie schriftlich.

»Warburg liegt in Nordrhein-Westfalen«, stellte Rique fest. »Möglicherweise...«, spekulierte er, »...bekommen wir eine Telefonnummer in Warburg, wenn wir die Kennungen dieser Gedichte aneinander reihen?«

Katja erstrahlte. Das erschien vielversprechend. Erneut ergriff sie einen Stift und notierte die mutmaßliche Telefonnummer, denn sie kannte die Kennungen aller Gedichte auswendig.

671124312

»Das ist aber eine ungewöhnlich lange Nummer für das kleine Städtchen Warburg«, sagte Rique nachdenklich. Er nahm den Zettel mit der Nummer und brachte ihn zu Andree. Dieser solle prüfen, ob es diese Telefonnummer in Warburg gäbe und wenn ja, wem sie gehöre. Die beiden jungen Frauen stellten sich erwartungsvoll in den Türrahmen und sahen zu, wie der bärtige Mann durch die dicken Gläser seiner Brille hindurch auf einen der Monitore starrte. Er klickte mit der Maus und gab etwas über die Tastatur ein.

Entschuldigend schüttelte er den Kopf.

»Die längste Nummer in Warburg hat nur fünf Stellen«, sagte er. »Es ist auch keine Durchwahl, denn es gibt weder 671-0 noch 6711-0.«

»Warburg ist aber nicht nur eine Stadt«, warf einer der beiden sportlichen Mitarbeiter ein, der Maik genannt wurde. »Warburg ist auch eine noble

Privatbank, die hier in Hamburg eine Filiale unterhält.«

Rique nahm sich das Stück Papier und betrachtete noch einmal die lange Nummer.

»Dann ist das hier vielleicht eine Kontonummer oder auch ein Bankschließfach bei dieser Bank«, mutmaßte er. Die beiden Frauen im Türrahmen schauten zuerst sich, dann wieder Rique an.

»Maik, kläre bitte mal ab, ob bei Warburg die Kenntnis einer Schließfachnummer ausreicht, um Zugriff darauf zu haben. Andree? Wo hat diese Warburg-Bank ihre Hamburger Filiale?«

»Habe gerade nachgesehen«, erwiderte der wie aus der Pistole geschossen. »Es ist die *M.M.Warburg & Co* in der Ferdinandstraße 75.«

Im Raum war es ganz still, während Maik mit der Bank telefonierte. Als er aufgelegt hatte, drehte er sich zu den anderen um und sagte:

»Die Nummer reicht nicht. Man muss sich zusätzlich als Schließfachinhaber ausweisen.«

Gerade als er sich wieder zu seinen Monitoren drehen wollte, schlug er sich mit der flachen Hand vor die Stirn. »Ach, Mist! Jetzt habe ich vergessen zu fragen, wie lang deren Kontonummern sind«, fluchte er.

»Brauchst Du nicht«, beruhigte ihn sein Boss, »es ist keine Kontonummer, es ist ein Tresor.«

»Und woher willst du das so genau wissen, Miss Marple?«, mischte sich jetzt Chen Lu ein. Rique überging die *Miss Marple*, nahm einen der Ausdrucke mit dem Gedicht und sagte: »Weil es hier steht, Dr. Watson - *verschlossen tief in dunklem Schacht* – es ist ein Banksafe, ganz sicher!«

Chen Lu trat an ihn heran und schaute auf die Zeilen in seiner Hand: »Wow! Du hast ja doch mehr drauf, als mit umher fliegenden Kugeln Torwart zu spielen, Sherlock«, rief sie heraus.

»Hier steht außerdem«, setzte Rique seine Kombinationen für alle hörbar fort, »dass Ramona ihre Tochter zu etwas auffordert. Es ist also nicht nur eine Beichte, Inspektor Craddock.«

Bei diesen Worten strubbelte er der ganz nah bei ihm stehenden kleinen Chinesin mit der Hand durch die Haare. Die schüttelte mit ihrem ganzen Körper diese kompromittierende Geste ab, trat einen Schritt zur Seite und strafte ihr großes Vorbild mit einem Blick, in den sie den Ausdruck einer kunstvoll arrangierten Wut legte.

»*In Deiner Kehle nur der Schlüssel steckt. Ans Licht zu holen, was Dir glich*«, zitierte er laut aus dem hinterlassenen Gedicht. Er drehte sich zu Katja um, die immer noch im Türrahmen zwischen den beiden Räumen stand. Sie hatte alles verfolgt und war vor Aufregung kaum imstande, sich zu bewegen.

»Ich bin mir sicher, dass dir deine Mutter etwas in einem Bankschließfach hinterlassen hat, das nur du bekommen sollst.«

»Etwas, das eine Rache ermöglicht«, ergänzte Jérome leise, der zweite der beiden anderen Mitarbeiter, während er seine Augen über die Zeilen seiner eigenen Kopie wandern ließ. »Etwas, das Hecht und Stör verbrennt«, fügte er noch nachdenklich hinzu.

Rique nickte bestätigend. Er sei sich ganz sicher, erklärte er Katja, dass sie, ohne es selbst zu wissen, Mitinhaberin dieses Schließfaches sei. Aber um an den Inhalt zu kommen, bräuchten sie Katjas Ausweis, wie sie soeben von der Bank erfahren hatten.

Katja formte mit ihren Händen ein Dach, um Rique zu sagen, dass der sich zu Hause befände.

»Dein Zuhause wird bewacht«, sagte er.

Katja nickte mit zusammen gekniffenen Lippen.

»Wer oder was sollen Hecht und Stör sein?«, fragte Maik und rieb sich das Kinn.

»Ich kenne nur Stör & Stör, das berühmte Architekturbüro«, warf Andree ein.

»Ich glaube nicht, dass das damit gemeint ist«, sagte Rique, »ich glaube, dass wir es mit Marone zu tun haben. Vielleicht ist Hecht und Stör eine Metapher für Kaviar und das wiederum eine Metapher für die reiche Mafia.«

»Das erscheint mir ein wenig zu weit um die Ecke gedacht«, gab Andree zu bedenken.

»Es gibt keinen Hechtkaviar, es gibt echten vom Stör und Lachskaviar sowie Forellenkaviar als preiswerte und rötliche Alternative.« Die tiefe Stimme von Jérome ließ Chen Lu zu ihm hinsehen. »Das kann es also nicht bedeuten«, schlussfolgerte er in ihre Richtung.

»Ist auch egal«, parierte Rique aufgebracht, »lass uns

ihren Ausweis aus ihrem Haus holen und einfach bei Warburg heraus finden, was es bedeutet.«, schlug er vor, wohl wissend, dass er für dieses Unterfangen die Unterstützung seiner Männer brauchen würde. Doch das musste bis zum nächsten Tag warten. Der heutige neigte sich bereits dem Ende zu. Die Bank werde sowieso in Kürze schließen. Außerdem hoffte Rique, Marones Männer könnten ihre Überwachung des Hauses vielleicht am Morgen schon aufgegeben haben.

Maik holte bei einem nahegelegenen Italiener Pizza für alle. Nachdem sie gegessen hatten, war es an der Zeit, den Tag zu beenden. Jérome brachte Chen Lu auf dem Weg in den Feierabend nach Hause. In der Talstraße angekommen, parkte er kurz in zweiter Reihe und ging die letzten Meter ruhig neben ihr her. Obwohl er über einen Kopf größer war als die zierliche Chinesin, passte er seinen Schritt dem ihren an. An ihrer Haustüre angekommen, sagte er leise: »Schlaf gut, Chen Lu, bis morgen dann.« Er drehte sich um und ging zurück zu seinem Wagen. Chen Lu wusste nicht, ob er ihr »Schlaf auch gut, Jérome« überhaupt noch hörte.

Rique ging mit Katja in sein Penthouse. In selbstverständlicher Übereinkunft nahm er unterwegs ihre Hand. In seiner Wohnung angekommen, zeigte er auf sein Bett im Schlafraum und bedeutete ihr, dass sie es benutzen solle. Er zeigte auf sich und das Sofa. Lächelnd nickte Katja ihm zu. Als sie sich auf das Bett setzte, stand Rique in der Türe und sah sie an. Bemüht deutlich sagte er: »Schlaf gut, Katja. Keine Angst, morgen lösen wir es auf.«

5

Am nächsten Morgen saßen sie, zusammen mit Dr. Liang, Chen Lu und sechs von Riques Männern, im Besprechungsraum und berieten die Lage. Auf dem großen Tisch lag ein Kartenausschnitt jenes Wohnviertels, in dem Katja lebte.

Riques Hoffnung, Marone habe die Überwachung ihres Hauses aufgegeben, erfüllte sich nicht. Inzwischen war es zwar ein schwarzer BMW, der unweit des Hauses parkte, und auch dessen Besatzung war neu, aber sie warteten immer noch auf Katja.

Die beiden Männer langweilten sich. Einer von ihnen trommelte zu einer Melodie, die er im Kopf hatte, mit seinen Fingern auf das Lenkrad, während der andere mit seinem Smartphone spielte und nur sporadisch einmal einen Blick zum Haus hinüber warf.

»Kannst du nicht mit dem Getrommel aufhören? Das macht einen ja ganz wahnsinnig.«

Der Trommler nahm seine Hände vom Lenkrad und seufzte: »Möchte wissen, womit sich René und die anderen die Warterei vertreiben.«

»Die bewerfen sich sicher gegenseitig mit der Unterwäsche der Kleinen«, feixte sein Kollege und öffnete zum wiederholten Male die Seitenscheibe, um frische Luft in das Wageninnere zu lassen. In diesem Moment kamen zwei Männer von etwa 30 Jahren aus der Querstraße in die Wohnstraße geschlendert. Einer der beiden führte einen langhaarigen Chihuahua an der Leine, der an den Zäunen der Vorgärten schnüffelte und ab und zu sein Bein hob. Die beiden Männer kamen näher. Sie hielten sich an den Händen und waren in ein angeregtes Gespräch vertieft. Als sie den BMW an der Beifahrerseite passierten, hörten die Männer im Inneren, dass es in dem Gespräch um eine neue Theaterinszenierung ging. Nachdem sie vorbei waren und sich weiter entfernten, grinsten sich die beiden im Auto vielsagend an. Sie vollführten mit ihren Händen übertrieben feminine Gesten mit abgespreizten kleinen Fingern.

Dann begann der Fahrer wieder zu trommeln. Einige Minuten später hielt ein Fiat 500 am Fahrbahnrand. Ihm entstieg ein alter Chinese von beinahe 80 Jahren und begann damit, in die Briefkästen der einzelnen Häuser Werbeprospekte zu werfen. Die Männer im BMW beachteten ihn nicht. Sie reagierten erst, als sie hinter sich Reifen quietschen hörten und drehten sich um.

Der Alte hatte die Straße überqueren wollen und dabei einen Honda Civic übersehen, der gerade an ihnen vorbeigefahren war. Der Wagen hatte ihn erfasst, er war über die Motorhaube gerollt und dann auf dem Asphalt gelandet. Der Fahrer des Wagens stieg aufgeregt aus und sah nach dem Chinesen. Der winkte immer wieder ab, so als wolle er sagen, dass nichts passiert sei. Dennoch fasste er sich mehrfach an den Hinterkopf und verzog das Gesicht. Die beiden vermeintlich Schwulen kamen angerannt und beugten sich ebenfalls zu dem Angefahrenen hinunter. Der mit dem Chihuahua nahm sein Handy und telefonierte. Es dauerte immerhin acht Minuten, bis zwei Martinshörner in der Ferne zu hören waren.

Der BMW-Fahrer drückte die Sprechtaste in der Speiche seines Lenkrades. »René?«

Es knisterte im Lautsprecher des eingebauten Funkgerätes. »Was gibt's?«

»Hier hat es einen Unfall gegeben. Jemand hat 'nen Opa angefahren. Gleich werden Polizei und Krankenwagen hier sein. Es sammeln sich auch schon Gaffer an. Was sollen wir tun?«

»Dann verschwindet halt mal für eine halbe Stunde und kommt wieder, wenn die Luft rein ist. Zur Not sind wir ja auch noch da.«

Sie starteten den BMW und fuhren davon. Als Streifen- und Krankenwagen mit lautem Signal und Blaulicht in die Straße einbogen und die Aufmerksamkeit der ganzen Umgebung auf sich zogen, öffnete der Fahrer des Honda Civics seinen Kofferraum. Er entnahm ihm eine große Wolldecke, die er über den alten Chinesen zu legen gedachte. Auf diesem Weg hielt er sie aufgespannt zwischen seinen langen Armen. Geschickt schirmte er so die ersten geduckten Laufschritte von Rique und Katja ab, die im Kofferraum eng aneinander liegend gewartet hatten. Sie überbrückten schnell den kurzen Vorgarten zu Katjas Haus. Rique hatte den Dietrich schon in der

Hand, öffnete die Haustür, und schon waren beide im Inneren des Hauses verschwunden.

Hier sah es nicht anders aus als in Ritas Wohnung. Die Ganoven waren auch hier eingedrungen und hatten alles durchsucht und verwüstet. Katja deutete in den ersten Stock hinauf, in dem sich ihr Zimmer befand. Sie beeilten sich, liefen die Holztreppe mit dem gedrechselten Geländer hinauf und bogen, oben angekommen, nach links in Richtung von Katjas Zimmer ab. Abrupt blieben sie stehen. Zwei kräftige Männer mit Pistolen im Anschlag versperrten ihnen den Weg und grinsten ihnen selbstgefällig entgegen. Katja und Rique drehten sich blitzschnell um und wollten zurück. Doch hinter ihnen standen bereits zwei weitere Kerle, die gerade aus dem oberen Bad getreten waren. Auch sie mit Waffen im Anschlag und einem Grinsen im Gesicht. Sie hörten, dass ein fünfter und sechster von ihnen gemächlich die Treppe hinauf kamen. Gegenwehr war aussichtslos.

Riques gesunder Arm wurde von hinten erfasst und schmerzhaft auf den Rücken gedreht. Er beugte sich unwillkürlich nach vorne und stöhnte. Dann sagte einer der Männer, die vor ihm standen: »René, das ist der Typ, der ihr gestern am Fischmarkt geholfen und mich ausgeschaltet hat.«

Der Angesprochene kam langsam auf Rique zu, hob dessen Gesicht an und kniff die Augen zusammen. »Wer bist du, he? Willst du die hübsche Kleine hier beeindrucken und den starken Prinzen spielen? Das war keine gute Idee! Halte dich zukünftig aus Sachen heraus, die dich nichts angehen.«

Rique reagierte nicht darauf, aber er war innerlich erleichtert. Sie wussten nicht, wer er war, sondern hielten ihn für einen ungefährlichen, wenn auch mutigen Einfaltspinsel. Sie ahnten offenbar nicht, dass sie es mit jemandem zu tun hatten, den sie besser aus dem Weg räumen sollten. Der Mann, der gerade zu ihm gesprochen hatte, sprach in ein kleines Mikro, das vor seinem Mund schwebte: »Sven, den Bus zum rückseitigen Gelände.« Dann nickte er jenem Mann zu, der Rique wiedererkannt hatte. Wehrlos hörte dieser gerade noch »Ich bin dir noch was schuldig«, als ihn auch schon ein Schlag mit der Waffe an der Schläfe traf. Er sackte zusammen, und vor seinen Augen wurde es schwarz.

Zu Katjas Haus gehörte ein größerer Garten nach hinten hinaus. An dessen Ende führten ein schmaler Bachlauf und ein Feldweg vorbei, der bei gutem Wetter von Spaziergängern genutzt wurde. Hinter einigen Ufersträuchern versteckten sich Chen Lu und Jérome und warteten auf Katja und Rique. Von hier aus hatten sie einen guten Überblick, sowohl in Katjas Garten, als auch zur Querstraße hin, auf die der Feldweg mündete. Dort erschien plötzlich ein schwarzer Kleinbus mit dunkel getönten Fenstern. Von innen wurde die seitliche Schiebetür geöffnet, und sie konnten einen kleinen Tisch und Sitzreihen erkennen. Heraus trat ein unrasierter Mann in Anzug und mit mürrischem Gesicht. Chen Lu sah kurz auf Jéromes versteinerte Miene. Zeitgleich öffnete sich Katjas Terrassentür. Aber es waren nicht Rique und Katja, die heraus kamen. Sechs gut gelaunte Männer überquerten die Rasenfläche, traten durch das hintere Gartentor auf den Feldweg und liefen auf den Kleinbus zu. Sie zerrten eine verängstigte Katja mit sich, die aber ruhig genug blieb, jeden Blick zu den Ufersträuchern zu vermeiden, hinter denen sie Chen Lu und Jérome wusste.

Chen Lu und Jérome sahen sich an, aber Jérome schüttelte nur den Kopf. »Zu viele«, flüsterte er ihr zu. Die Männer hievten Katja in den Wagen und stiegen dazu. Dann fuhren sie davon.

Als Rique wieder zu sich kam, war er allein. Benommen schleppte er sich in Katjas Zimmer, in dem alles mögliche kreuz und quer auf dem Boden verstreut lag. Vor ihrem Schreibtisch sah er eine leere Handtasche. Ihr Inhalt befand sich in einem durchwühlten Haufen daneben. Rique atmete auf. Er erkannte unter den Sachen einen Personalausweis: Katja Krömer, geboren 02.06.91 in Hamburg. Der Ausweis hatte die Typen nicht interessiert. Hübsches Passfoto, dachte er. Er steckte sich den Ausweis in die Gesäßtasche seiner Jeans. In dem Moment kam Chen Lu die Treppe hinauf gestürmt, sah ihn auf dem Boden liegen und rief laut: »Hier oben!«

Sie lief auf Rique zu, und als sie registrierte, dass er

unverletzt und bei Bewusstsein war, ging sie vor ihm auf die Knie und umarmte ihn erleichtert. Dann aber setzte sie sich im Schneidersitz auf den Boden, direkt vor sein Gesicht, verzog den Mund und sagte:

»Toller Plan...«

Riques Einsatzgruppe hatte sich in Katjas Wohnzimmer versammelt. Was im Weg oder auf den Sitzmöbeln lag, wurde notdürftig zur Seite geräumt. Maik saß mit Hannes und Nikolai, jenen beiden Detektiven, die das homosexuelle Paar gemimt hatten, auf dem langen Sofa. Der Chihuahua lag zusammengerollt in einer Polsterecke und schlief. Jérome und Ben, der geschulte Fahrer des Honda Civics, benutzten die Zweiercouch und Dr. Liang, der mit all seiner Erfahrung und Übung einen fantastischen Stunt hingelegt hatte, befand sich im einzigen Sessel der Polstergarnitur. Chen Lu kauerte neben ihm auf der Armlehne und ließ ihren rechten Arm auf den Schultern ihres Großvaters ruhen. Polizei und Rettungssanitäter waren nach 20 Minuten unverrichteter Dinge wieder gefahren. Sie hatten weder Verletzungen bei Dr. Liang, noch Schäden am Honda festgestellt und konnten somit, rein rechtlich, keinen Unfall aufnehmen.

Nur Rique Allmers saß nicht. Er lief die ganze Zeit nervös hin und her, verschwand zuweilen in der geräumigen Diele, um dort größere Schritte machen zu können, die ihn beruhigen sollten. Die Stimmung war gleichermaßen bedrückt und angespannt.

»Das war dilettantisch«, sagte Maik, der in einer Seitenstraße aus dem Firmen-Golf heraus die Aktion koordiniert hatte, »als ob wir es in der Vergangenheit nicht schon öfters mit Marones Männern zu tun gehabt hätten.«

»Aufarbeiten können wir später«, war Ben zu hören, »jetzt lasst uns überlegen, wie wir weiter vorgehen. Wie kommen wir wieder an das Mädchen heran? Wir geben uns doch nicht geschlagen, oder?«

»Natürlich nicht!«, kam es im Chor zurück.

»Wir könnten Marone einen Deal anbieten«, ließ sich Jérome mit seiner dunklen Bassstimme vernehmen.

»Und was soll das für ein Deal sein?«, fragte Maik.

Jérome erklärte in seiner seelenruhigen und gewohnt emotionslosen Art, dass in seinen Augen Marone nicht hinter dem Mädchen her war, sondern hinter dem, was ihre Mutter besaß und auf das Katja nun Zugriff habe. Das könne man ihm anbieten.

»Und was ist, wenn das extrem wichtig ist und in Marones Händen enormen Schaden anzurichten vermag?«, fragte Nikolai mit Empörung in der Stimme.

»Wir wissen, wo Marones Anwesen ist. Lass uns hinfahren, dort alles zu Klump hauen und das Mädchen da raus boxen«, schlug er vor. Er war mit seiner Rolle in dem soeben schief gegangenen Einsatz überhaupt nicht glücklich gewesen.

»Leicht gesagt, Kollege«, mischte sich nun auch Hannes ein, »aber dass es wirklich Lorenzo Marone ist, der dahinter steckt, wissen wir nicht zuverlässig. Wir vermuten es. Nehmen wir mal an, er ist es. Dann wissen wir immer noch nicht, ob er Katja in sein Anwesen hat bringen lassen. Er hat überall in der Stadt Häuser, Lagerhallen und vieles mehr für ein geeignetes Versteck. Das sind mir zu viele Unwägbarkeiten.«

»Ich sage ja, wir sollten ihn anrufen«, schlug Jérome erneut vor.

»Anrufen...?«, fragte Ben völlig fassungslos.

»Ja, anrufen!«, wiederholte Jérome stoisch.

»Andree hat seine persönliche Mobilnummer in seiner Kartei. Der alte Italiener dürfte ziemlich überrascht sein, dass ein Fremder sie kennt, und dass wir ihn auf dieser Nummer direkt kontaktieren können. Er wird sich zu Beginn des Gesprächs erst einmal unsicher fühlen. Das wäre ein Vorteil für uns.«

Für einen Moment war es still im Raum. Nur die nervösen Schritte Riques in der Diele waren zu hören. Andree war ein absolutes Ass im IT-Bereich, aber dass er die persönliche Handynummer von Lorenzo Marone ermittelt hatte, überraschte sie dann doch. Bis auf Maik, der wie Jérome eng mit Andree arbeitete und es wusste.

»Lasst uns was machen, irgendwas, sofort!«, rief Chen Lu so aufgebracht, dass sich ihre Stimme überschlug und den Klang eines wütenden Kindes annahm. »Ich stelle mir vor, dass sie Katja gerade ebenso verprügeln wie Rita Tietjen und vielleicht sogar nacheinander über sie herfallen. Und ihr quatscht hier, als ginge es darum, welche Pizza wir uns bestellen sollen. Ich könnte kotzen!«

Sie begann zu weinen.

Dr. Liang nahm ihre Hand und streichelte sie beruhigend. Jedem anderen hätte sie ihre Hand in dem Moment entzogen, nicht aber ihm. Sie hörte sofort auf zu weinen und sah ihn fragend an.

»Sie we'den es nicht wagen, ih' etwas anzutun«, ließ sich der alte Chinese vernehmen, der ganz in sich zu ruhen schien. »Sie b'ingen sie zu Ma'one pe'sönlich. In sein Anwesen in Blankenese. Das ist ganz siche'. Wenn And'ee uns helfen kann, könnten wi' sie heute Nacht bef'eien«, fügte er hinzu.

Jetzt redeten alle durcheinander. Woher er das wissen wolle, ob er hellsehen könne und was wäre, wenn er sich irre, wollten sie wissen. Ein lauter Knall brachte sie zum Schweigen. Rique war in der Tür erschienen und hatte mit der flachen Hand gegen den hölzernen Türrahmen geschlagen. »Was macht dich sicher, Trainer?«, wandte er sich äußerlich ganz ruhig an seinen alten Lehrer.

»Weil Katja Lo'enzo Ma'ones Tochte' ist.«

Die Stille im Raum war so plötzlich eingetreten, und sie legte sich mit einer derart körperlich fühlbaren Macht auf alle Anwesenden, dass der Chihuahua irritiert aufwachte und sich umsah. Dann hingen sie an Liangs Lippen, als dieser seine Überlegungen erklärte. Er wisse es natürlich nicht, sei sich aber ganz sicher. Luka Marone habe vor zwei, drei Jahren bei ihm trainiert. Und als Rique und Katja bei ihm erschienen waren, hatte er das Gefühl, ihr Gesicht zu kennen, ohne es in diesem Moment einordnen zu können. Auch die Tätowierung am Arm des erstochenen jungen Mannes auf dem Zeitungsbild kam ihm bekannt vor. Zu diesem Zeitpunkt wusste er noch nicht, dass es sich bei dem Toten um Luka Marone gehandelt habe. Als Chen Lu ihm das heute Morgen berichtete, erinnerte er sich an seinen ehemaligen, wenn auch kurzzeitigen Schüler. Er könne versichern, dass die Ähnlichkeit zwischen Katja und Luka Marone sehr ausgeprägt war. Außerdem trugen beide die gleiche Tätowierung, das astrologische Zeichen des Zwillings. Luka mit einer 1, Katja mit einer 2 daneben, an der gleichen Stelle ihrer Schultern. Für ihn gäbe es keinen Zweifel mehr daran, dass Luka und Katja Zwillinge waren. Wieso Katja ihren Bruder nicht zu kennen schien und warum Luka bei seinem Vater, während Katja bei ihrer Mutter lebte, wisse er nicht. Aber für ihn sei es offensichtlich, dass Katjas Mutter Ramona und Lorenzo Marone einst ein Paar gewesen waren, das sich später getrennt habe. Das könne auch eine Erklärung für die ganze Situation sein, in der sie sich nun befänden. Wenn Ramona Krömer einst mit Lorenzo Marone zusammen gewesen war, könnte sie tatsächlich über etwas verfügen, das ihm gefährlich werden könne und mit dem sie ihn erpresst habe.

Keiner sagte etwas dazu. Alle dachten über die Schlussfolgerungen von Dr. Liang nach.

Chen Lu sah man neue Hoffnung an. Wenn das wahr

sei, schwebte Katja tatsächlich nicht in der Gefahr, von Marones Männern verprügelt und vergewaltigt zu werden. Das würden sie nicht wagen. Sie sollten sie ihm nur bringen.

»Aber warum erst jetzt, Großvater?«, fragte sie ihn. »Ich meine, wenn Katja tatsächlich nichts von ihrem Zwillingsbruder wusste, dann leben Ramona und Katja schon seit über 20 Jahren von Lorenzo und Luka getrennt. Wieso macht Marone erst jetzt so einen Aufstand?«

»Weil der Junge nicht hätte sterben dürfen«, sagte Rique leise. »Dass Luka bei diesem blöden Streit auf der Reeperbahn erstochen wurde, war nicht vorgesehen. Das hat es ins Rollen gebracht.«

»Rique, du hast Recht«, führte Jérome den Gedanken weiter. »Der Junge war so etwas wie eine Lebensversicherung für Ramona. Sie hat von seinem Tod in der Zeitung gelesen, hat ihn auf dem Bild erkannt. Mit seinem Tod verlor sie ihre Versicherung Marone gegenüber.«

»Und Marone auch die seine!«, ergänzte Rique.

»Wie? Was?«, kam es aus mehreren Mündern.

»Ja, vielleicht hielt Lukas Existenz die beiden in Schach«, kombinierte Rique und rieb sich das Kinn. »Eine gegenseitige Erpressung. Würde Ramona ihr Wissen über Marone ausplaudern, drohte er damit, ihren Sohn zu töten. Und umgekehrt! Würde ihrem Sohn etwas zustoßen, würde sie plaudern. Ein Patt! Und dieses Patt hat zwanzig Jahre lang funktioniert. Bis

Luka in dieser Auseinandersetzung umkam. Jetzt geriet Ramona in Panik. Zu Recht, wie wir inzwischen wissen. Das war kein Überfall auf ihr Geschäft. Man hat sie sofort ausgeschaltet, als Luka starb, rechtzeitig bevor sie das nutzen konnte, was sie in diesem Bankschließfach verwahrt. Es fügt sich alles zusammen.«

Sie sahen sich gegenseitig an und nickten.

»Und was nun?«, fragte Chen Lu.

Rique ballte entschlossen die Faust.

»Ich habe Katja verloren, ich werde sie mir auch wiederholen!«, sagte er bestimmt. Dann wandte er sich an Jérome und Maik: »Wir schlagen heute Nacht zu. Fahrt ins Büro. Andree soll die Zeit nutzen, mit seinem Zauberkasten in Marones Anwesen einzudringen. Ich will, dass er auf Kommando die Alarmanlage und die Videoüberwachung ausschaltet und das Einfahrtstor sowie die Haustüren öffnet. Er soll sich außerdem um einen Grundriss bemühen. Trainer, Du präparierst meinen Arm so, dass ich damit kämpfen kann. Wir treffen uns um Mitternacht in der Zentrale. Wer kann, schläft bis dahin noch etwas.«

6

Das private Anwesen von Mafiaboss Lorenzo Marone befand sich in einer der angesehensten Straßen in Blankenese. Es handelte sich um eine prächtige, in edlem Weiß gestrichene Villa mit einem schweren, herrschaftlichen Eingang in britisch-grün, die zu Beginn des 20. Jahrhunderts erbaut wurde. Es war umgeben von einem gepflegten, parkähnlichen Grundstück und lag etwa 100 Meter von der Straße zurückgesetzt. Ein hoher Eisenzaun umspannte das Gelände. Dichte, akkurat geschnittene Hecken versperrten neugierigen Passanten den Blick.

Die einzigen Zugänge waren ein doppelflügeliges Tor für Fahrzeuge, sowie ein einzelnes für Fußgänger. Beide Tore waren gesichert und wurden mit Videokameras überwacht. Überhaupt gab es von denen einige in Haus und Grundstück, und die beiden Männer im Kontrollraum überwachten auf gut einem Dutzend Monitoren den gesamten Komplex. Fenster und Zugänge waren alarmgesichert, und die hundert Meter bis zum Haus lagen im Erfassungsbereich mehrerer Bewegungsmelder. Alle Daten liefen in jenem Kontrollraum auf, der im Inneren hinter der Haustüre direkt auf der linken Seite eingerichtet worden war.

Die beiden Männer vor den Monitoren waren müde. Die digitalen Ziffern zeigten kurz vor halb vier Uhr morgens. Im Haus war es ruhig, obwohl auch nachts stets etwa zehn von Marones Bandenmitgliedern wach blieben. Sie hielten sich entweder im Salon oder in einem der oberen Zimmer auf, lasen, tranken, spielten Karten oder sahen leise fern.

Lorenzo Marone selbst schlief im Obergeschoss. Im Gästezimmer direkt daneben schlief Katja, die man darin eingesperrt hatte. Nachdem sie am Nachmittag hierher gebracht worden war, hatte man sie zu ihrer Überraschung zuvorkommend behandelt. Sie durfte sich in einem sehr edel eingerichteten Bad ungestört frisch machen und wurde erst am Abend wieder aus dem Zimmer gebeten, das man ihr zugewiesen hatte. Man brachte sie in ein großes, feudales Esszimmer.

Am Kopfende einer langen Tafel saß ein fülliger, älterer Herr mit grauen, gewellten Haaren und einem ebenso grauen Schnurrbart. Sonst saß niemand am Tisch. In den Ecken des Raumes standen allerdings grimmig blickende Männer in schwarzen Anzügen, bewegungslos wie Statuen. Als Katja hinein geführt wurde, stand der ältere Herr auf und begrüßte sie übertrieben galant mit einem Handkuss. Er selber wies ihr den vordersten Platz an seiner rechten Seite an. Die Tafel war stilvoll mit edlem Porzellan eingedeckt.

Zwei Bedienstete in weißen Livrees servierten Speisen und Getränke. Ihr Gastgeber stellte sich vor, obwohl er sich das hätte sparen können. Katja wusste, dass sie mit Lorenzo Marone dinierte. Die ganze Zeit über war er sehr freundlich. Mit einem beruhigenden Lächeln versicherte er ihr, welch eine schöne junge Frau sie geworden sei. Er wisse, dass sie nichts hören könne, hatte er sofort erklärt. Er achtete darauf, Katja anzusehen, wenn er mit ihr sprach. Und was er sagte, war ausschließlich von belangloser Natur. Welchen Sport sie betreibe, ob sie das Reiten liebe oder welche Autoren sie bevorzuge. Kein einziges Wort davon, was er wirklich von ihr wollte. Die beiläufige Konversation konnte Katja jedoch nicht täuschen. Sie fühlte, dass die Luft im Raum zum Zerreißen gespannt war. Den Schreibblock und den Stift, den man für sie neben ihrem Besteck bereitgelegt hatte, übersah sie geflissentlich. Sie vergaß in keiner Sekunde, wo sie sich befand. Bei einem der einflussreichsten Mafiabosse Hamburgs. Nach dem Essen verabschiedete sich Marone erneut formvollendet von ihr. Dann wurde sie wieder in ihrem Zimmer eingeschlossen. Sie lag lange wach, drehte sich hin und her und fürchtete sich, dass Marone am nächsten Tag härtere Seiten aufziehen könne. Wie ging es Rique? Irgendwann fielen ihr die Augen zu. Jetzt, um halb vier Uhr morgens, schlief sie einen unruhigen Schlaf.

In der Sekunde, in der im Kontrollraum die Ziffern der digitalen Zeitanzeige auf 3:33 Uhr umsprangen, wurden die Überwachungsmonitore schwarz. Die beiden Männer davor waren schlagartig wach und sahen sich überrascht an. Da die Deckenbeleuchtung noch funktionierte, konnte es kein Stromausfall sein.

Im Eingangstor an der Grundstücksgrenze war ein leises Knacken zu hören, und schwarz behandschuhte Hände öffneten es mühelos. Dann stürmten sieben

Gestalten das Grundstück. Alle trugen enge, schwarze Kampfanzüge und waren mit Sturmhauben ausgestattet. Die kleinste der Gestalten lief geschwind auf die rechts am Haus befindliche Doppelgarage zu. Sie ergriff das an der Hauswand herab kommende Regenrohr und hangelte sich leicht und behende bis auf das Dach hinauf. Drei der Eindringlinge wandten sich im geduckten Laufschritt nach links und umrundeten das Haus zur rückseitigen Terrasse. Die verbliebenen drei, Rique, Jérome und Dr. Liang, erreichten in wenigen Sekunden die Haustür. Wie bereits das Eingangstor, öffnete Andree auf einen kurzen Funkbefehl Riques aus ihrer Kommandozentrale heraus auch die Haustür.

Im Kontrollraum war einer der beiden Wachen noch damit beschäftigt, den Computer zu prüfen. Sein Kollege war aufgestanden, um den anderen im Salon Bescheid zu geben, dass sowohl die Videoüberwachung als auch die Alarmanlage ausgefallen seien. In diesem Moment sprang auch schon die Türe auf. In Sekundenbruchteilen erfasste Rique die Szene, schickte den noch sitzenden mit einem gezielten Handkantenschlag gegen die Halsschlagader in den Schlaf und duckte sich blitzschnell unter dem Faustschlag weg, zu dem dessen Kollege ausgeholt hatte. Ein kurzer, kräftiger Hieb gegen den Solar Plexus, und auch dieser Gangster sackte zusammen. Rique nahm ihnen die Waffen ab und fesselte ihre Hände mit Kabelbindern aus seinen Gürteltaschen auf den Rücken.

Zeitgleich sprang die Terrassentür zum Salon durch einen kräftigen Tritt mit einem lauten Knall auf. Die drei in den Sesseln sitzenden Bodyguards sahen sich drei vermummten Gestalten gegenüber. Aus dem hellen Salon heraus hatten sie diese in der dunklen Nacht hinter den Scheiben zuvor nicht sehen können.

Bevor sie reagieren konnten, schossen die Eindringlinge aus drei Luftdruckpistolen. Alle drei Verbrecher starrten ungläubig auf die Pfeile, die sich in ihre Bäuche oder Schenkel bohrten. Eine speziell zusammengesetzte Flüssigkeit spritzte in ihre Muskeln. Sie bestand zum größten Teil aus der sogenannten Hellabrunner Mischung, ein bewährtes Narkosemittel, das auch in Tierparks Anwendung findet, und zu einem kleinen Teil aus einem beigemischten Muskelrelaxans, das sofort die Muskeln der Betroffenen lähmte, um sie bis zum Einsetzen der Narkosewirkung kampfunfähig zu machen.

Riques Unternehmen »*Chase*« war für solche Einsätze hochspezialisiert. Er bekam Aufträge von Unternehmen, Prominenten und reichen Bürgern. Objekt- und Personenschutz, Observationen, Erpressungen, vermisste Personen, Ermittlungen bei Industriespionage und vieles mehr. Auch der Staat buchte Riques Dienste für verdeckte Ermittlungen bei extremistischer oder organisierter Kriminalität und für solche, die ihn oder seine Leute ins Ausland führten, auch wenn die Behörden das nicht an die große Glocke hingen. Im Laufe der Zeit hatte Rique Spezialisten für unterschiedliche Aufgaben um sich versammelt. Seine Mitarbeiter deckten verschiedene Sprachen ab, sie beherrschten unterschiedliche Nahkampftechniken, und einer hatte eine private Fluglizenz. Andree nahm eine Sonderstellung in seinem Team ein. Er war der Computer- und Technikspezialist. Anspruchsvolle Lösungen und die Planung der Einsätze machten ihn zu Riques rechter Hand. Andrees Motto war:

Es geht alles, wir müssen nur herausfinden, wie.

Rique nahm die Verantwortung mit seinen Leuten, in einer rechtlichen Grauzone zu arbeiten, sehr ernst. Er wollte gegen Verbrecher helfen, aber nicht selber einer werden. Zu töten war bei den Einsätzen niemals eine Option. Natürlich hatten er und seine Männer in der Vergangenheit auch schon Menschen töten müssen, aber das waren schuldbefreiende Notwehrsituationen gewesen. Keiner von ihnen nahm das auf die leichte Schulter. Bei diesem Einsatz durfte das auf keinen Fall passieren. Er wollte Katja sicher befreien, aber kein Blutbad anrichten. Da in Marones Haus von einer Gegenwehr mit Schusswaffen auszugehen war, entschieden sie sich für Narkosepistolen als Distanzwaffe.

Ganz ungefährlich war der Einsatz dieser speziellen Waffe jedoch auch nicht. Die sofort einsetzende Muskellähmung machte die davon betroffenen Männer kampfunfähig. Nach etwa ein bis zwei Minuten setzte dann die narkotisierende Wirkung der Mischung ein, die ungefähr eine halbe Stunde anhalten würde. Allerdings musste man den Betroffenen zur Sicherheit innerhalb von zwanzig Minuten Atropin spritzen, um die Gefahr eines lähmungsbedingten Atemstillstandes sicher zu vermeiden. Von dem ersten abgegebenen Schuss an hatten sie also nur etwa fünfzehn Minuten Zeit, das ganze Haus zu sichern und alle Gegner auszuschalten.

Chen Lu hangelte sich bis zu einem Badezimmerfenster im Dachgeschoss hinauf und schlug es mit einem kleinen Hammer ein. Ein untergelegtes dickes Tuch dämpfte das Geräusch. Dann griff sie durch die zerstörte Scheibe, öffnete das Fenster und kletterte in das dahinter liegende Bad. Sie zog ihre beiden Pistolen und schlich in eine kleine Diele. Sie öffnete eine Tür, hinter der sie eine offene Küche vorfand. Von dort blickte man zu einem großen Wohnzimmer. Niemand hielt sich in diesen Räumen auf. Auf leisen Sohlen verließ sie durch eine große doppelflügelige Glastür den Wohnraum und gelangte in eine zweite Diele. Von hier gingen vier Zimmertüren ab, und sie nahm sie sich im Uhrzeigersinn vor. In jedem dieser unverschlossenen Zimmer standen zwei Einzelbetten. Jeweils eines davon war mit einem schlafenden Mann belegt. Ein halbblaues *Tschock* aus ihrer Pistole, und der Mann würde die nächste halbe Stunde umso tiefer schlafen. Sie drehte ihn schnell in eine stabile Seitenlage, damit er nicht auf dem Rücken liegend an seiner Zunge erstickte. Genauso machte sie es im zweiten und dritten Raum. Auf dem Weg zum vierten und letzten Zimmer bemerkte sie im Halbdunkel zu spät, dass dessen Tür offen stand. Unerwartet wurde sie von hinten umfasst und grob zurück gezerrt. Ein kurzer Ellenbogenstoß nach hinten gegen die Leber des Angreifers, und der Mann stöhnte auf. Chen Lu wand sich wie eine Schlange aus seiner Umklammerung. Sie drehte sich um und zog mit aller Kraft ihr rechtes Knie hoch. Als sie ihn damit zwischen den Beinen traf, krümmte er sich reflexartig vor Schmerzen. Dann schoss sie auch diesen Mann in einen tiefen Schlaf.

Währenddessen hatten Jérome und Dr. Liang in der Eingangshalle Position bezogen, bis Rique im Kontrollraum und Maik, Nikolai und Ben ihren Job im Salon erledigt hatten. Dr. Liang hörte gerade noch hinter sich, dass in einem kleinen WC die Toilettenspülung betätigt wurde, als sich diese Tür auch schon öffnete. Er packte den heraus tretenden Mann und drehte ihn um seine eigene Achse. Bevor dieser überhaupt begriffen hatte, was passiert war, lag er auf dem Bauch, und seine Hände waren mit Kabelbindern auf den Rücken gebunden. Der Chinese mochte in seinem Alter etwas von seiner früheren körperlichen Kraft eingebüßt haben, nicht aber von seiner Schnelligkeit und Technik.

Maik und Nikolai drangen in die weiteren Räume

des Erdgeschosses vor, während sich Dr. Liang und Ben in den Keller begaben. Jérome und Rique stiegen die Treppe ins Obergeschoss empor. Sie brauchten keine Kommandos, alles war einstudiert. Auf jedem Absatz sicherte einer der beiden den weiteren Vormarsch des anderen mit der Waffe im Anschlag. Doch die vier Bodyguards, die sich im Obergeschoss aufhielten, waren durch die Geräusche im Erd- und im Dachgeschoss gewarnt. Einer von ihnen tauchte am Rande der Treppe auf, gerade als Rique dort angekommen war. Er war unbewaffnet, schlug aber sofort auf Rique ein und brüllte nach seinen Kollegen. Rique wich den Tritten und Schlägen geschickt aus. Seine Bewegungen waren deutlich schneller als die seines massigeren Gegners. Nach wenigen Sekunden war der ungleiche Kampf vorbei, und der Ganove lag bewusstlos auf dem Teppich. In dessen Rücken war sofort ein zweiter aufgetaucht, der mit einem der schweren Holzstühle einen heftigen Schwinger auf Riques verletzten Oberarm landete. Rique ging kurz zu Boden, und damit hatte Jérome endlich freies Schussfeld. Ein trockenes *Tschock*, und der Stuhlschwinger fiel um. Kaum stand Rique wieder auf den Beinen, wurde eine Tür am anderen Ende des Foyers aufgerissen. Zwei weitere Männer eröffneten mit ihren Waffen sofort das Feuer. Rique drehte sich reflexartig zur Seite, als eine der beiden Kugeln hinter ihm ins Treppengeländer einschlug. Eine andere ließ einen Wandspiegel in tausend Scherben zerspringen.

Rique nutzte den Moment und sprang gegen die Beine des einen Schützen. Dieser fiel nach hinten und verlor dabei seine Waffe. Den zweiten Schützen kümmerte das nicht. Er stürzte in Richtung Treppe und schoss drei- oder viermal dorthin, wo Jérome noch vor wenigen Sekunden gestanden hatte. Er bemerkte dabei jenen kleinen Körper zu spät, der wie ein Blitz über das Treppengeländer aus dem Dachgeschoss gerutscht kam. Bevor er die neue Gefahr realisierte, hatte Chen Lu ihm bereits die Waffe aus der Hand geschlagen und dann das Bewusstsein aus seinem Körper. In der Zwischenzeit hatte auch Rique seinen Gegner überwältigt und mit Kabelbindern gefesselt.

Dann war Ruhe.

Maik und Nikolai hatten im Erdgeschoss keine weiteren Bandenmitglieder mehr angetroffen und kamen zu den anderen ins Obergeschoss. Auch im Keller war niemand mehr. Dr. Liang und Ben begannen damit, alle narkotisierten Männer im Haus in die stabile Seitenlage zu bringen und mit Atropin zu versorgen.

Aber wo waren Katja und Lorenzo Marone?

Rique schaute in eines der Zimmer, deren Tür offen stand. Es handelte sich offenbar um ein Gästezimmer, das Bett war bezogen und die Bettwäsche durchwühlt. Hier hatte bis vor kurzem noch jemand geschlafen. Rique erkannte Katjas Kleidung, die über einem Stuhl hing. Die Tür zum Nachbarzimmer war geschlossen. Rique lauschte, konnte aber nichts hören. Er winkte seinen alten Lehrer Dr. Liang zu sich, der gerade aus dem Dachgeschoss kam und zu ihnen stieß.

»Ich befürchte«, flüsterte Rique ihm zu, »Marone wird sie haben und mit einer Waffe bedrohen. Hör zu, Trainer! Ich möchte folgendermaßen vorgehen ...« Leise erläuterte er den anderen seinen Plan. Dann blieb er seitlich in Deckung und ließ die Tür von Lorenzos mutmaßlichem Schlafzimmer aufschwingen. Er wartete einen Moment und wagte dann vorsichtig einen Blick hinein. Was er sah, war genau das, was er erwartet hatte.

Lorenzo Marone saß im Pyjama am anderen Ende des Zimmers in einem Sessel und hielt mit der rechten Hand eine Pistole. Sie lag ruhig auf seinen Schenkeln. Katja stand aufrecht neben ihm. Ein Mann hinter ihr hatte sie in seiner Gewalt. Er drückte sie mit dem linken Arm über ihrer Brust an sich und hielt ihr mit der rechten Hand eine Pistole an die Schläfe. Rique erkannte sein Gesicht. Es war René. Jener Mann, der den Trupp anführte, der ihnen in Katjas Haus aufgelauert hatte.

Die eigene Waffe im Anschlag und auf Lorenzo gerichtet ging Rique langsam in den Raum. Ihm folgten Jérome und Maik, ebenfalls bewaffnet und auf ihre Gegner zielend. Als letzter kam Dr. Liang dazu, jedoch unbewaffnet. Rique und seine Männer trugen immer noch die Sturmhauben, die ihre Gesichter verhüllten. Keiner sagte etwas, bis Lorenzo Marone das Schweigen brach.

»Wer seid ihr?«

»Das tut nichts zur Sache«, erwiderte Rique, der sich einmal mit einem kurzen Blick in Katjas Augen davon überzeugte, wie sehr sie sich ängstigte. »Wir wollen nur das Mädchen«, fügte er dann hinzu.

»Tja...«, und Marone zog das »a« darin ziemlich lang, »das werdet ihr bekommen. Wir werden es nicht verhindern können gegen eure Überzahl. Aber wir können dafür sorgen, dass ihr sie nicht lebend bekommt. Denn ihre selige Mutter besaß etwas, das ich auch ihr nicht überlassen kann.«

Katja konnte der Unterhaltung nicht folgen. Sie sah nicht, ob und was Lorenzo oder der Mann hinter ihr sagten. Auch konnte sie durch die Sturmhauben der anderen deren Lippen nicht lesen. Sie stand nur da in einem T-Shirt und einem Slip, festgehalten und wartete, was nun passieren würde.

»Warum haben Sie Ramona zum Schweigen gebracht, statt sie, wie Katja jetzt, zu entführen?«

»Ihr Tod war nicht geplant. Der Schuss löste sich aus Versehen bei dem Versuch, sie zu entführen. Ich war darüber sehr verärgert, wenn Sie verstehen, was ich meine.«

»Wo sind Ramonas Mörder jetzt? Gehören sie zu den Männern hier im Haus?«

Lorenzo Marone schüttelte den Kopf. Dann senkte er für einen Moment den Blick und antwortete: »Sie wurden bestraft.«

Rique verstand. Die Polizei würde sie nicht mehr finden. Jedenfalls nicht lebend.

»Ich mache Ihnen einen Vorschlag«, sagte Rique an Marone gerichtet.

»Und der wäre?«, kam es von diesem zurück.

Rique ließ eine dramaturgische Pause eintreten, bevor er antwortete.

»Wir wissen nicht, was Sie haben wollen, aber wenn Sie Recht haben, wird Katja es wissen. Wir könnten sie fragen, ob sie es für ihr Leben tauschen möchte.«

Lorenzo Marone überlegte lange, dann sagte er:

»Sie wissen, dass sie taubstumm ist?«

Rique lächelte unter seiner Sturmhaube. Es lief.

»Ja, das wissen wir. Aber mein Kollege...«, er nickte zu dem kleinen, unbewaffneten Dr. Liang hinüber, »...spricht und versteht ihre Sprache.«

In dem Moment sprach Dr. Liang mit seinen Händen zu Katja, die ihm notdürftig mit den ihren antwortete. Dann sagte der Chinese laut und deutlich: »Sie sagt, die Sache ist in de'...«

In dem Moment nieste Katja heftig und schleuderte dabei ihren Kopf nach unten und zur Seite.

Tschock – Tschock, und die beiden Verbrecher rissen ihre Augen auf. Lorenzo Marone erlahmte, und Renés Arme glitten kraftlos an Katja herunter, bevor auch er den Halt verlor und auf den Boden fiel. »Gut gemacht, Trainer«, rief Rique befreit und machte einen Satz nach vorne. Er ergriff Katja und zog sie aus dem Raum. In der Diele zog er sich die Sturmhaube über den Kopf, und als sie ihn endlich erkannte, fiel sie ihm um den Hals und presste ein kehliges, helles »Aaaah« hervor.

7

Ihnen würde nicht viel Zeit bleiben. Die Aktion der vergangenen Nacht und die Tatsache, dass Katja wieder frei herum lief, konnte Marone nicht auf sich beruhen lassen. Er würde alles daran setzen, seine Tochter erneut aufzuspüren, sie notfalls zu töten und sich außerdem an Rique zu rächen. Letzteres war schwieriger, denn der Sizilianer wusste nicht, mit wem er es zu tun hatte. Riques Detektei »Chase« war den Hamburgern namentlich ein Begriff. Allerdings war unbekannt, wo sich dieses Unternehmen befand oder wer genau dahinter steckte. Bekannt war nur eine Telefonnummer für den ersten Kontakt, die jedoch selbst von Spezialisten nicht zu lokalisieren oder zuzuordnen war. Außerdem wusste Marone nicht mit Sicherheit, dass diese in der Unterwelt gefürchtete Detektei hinter dem nächtlichen Überfall steckte. Aber Rique gab sich diesbezüglich keinerlei Illusionen hin. Der Mafiaboss würde sicher ahnen, dass für eine solche Aktion niemand anderes infrage kam. Sorgen machte er sich deswegen nicht, dafür waren er und seine Männer zu unsichtbar. Das Problem war Katja. Sie musste nun unter seinem Schutz für lange Zeit von der Bildfläche verschwinden und ihr altes Leben hinter sich lassen.

Aber noch waren sie nicht fertig.

Ohne geschlafen zu haben, betraten Rique und Katja pünktlich zu Geschäftsbeginn die Räume der angesehenen Privatbank M.M. Warburg & Co in der

Ferdinandstraße.

Das ehrwürdige Eckhaus aus dem neunzehnten Jahrhundert mit seiner wuchtigen Fassade aus massiven Steinblöcken empfing sie mit einer angenehm kühlen Innentemperatur. Die große Eingangshalle beeindruckte mit einem Boden aus Marmor und Mosaiken, sowie mit großformatigen echten Gemälden an den Wänden. Kleine Sitzgruppen mit kunstvoll gedrechselten und fein gepolsterten Sesseln unterstrichen das luxuriöse Ambiente. Im Zentrum der Halle warteten zwei Bankangestellte in dunkelroten Jacketts hinter einer hohen, runden Empfangstheke auf ihre Besucher.

Dort angekommen wurden sie freundlich, aber auch ein wenig distanziert begrüßt. Rique wies auf Katja und sagte: »Guten Morgen, das ist Frau Katja Krömer. Sie ist Inhaberin eines Bankschließfaches in Ihrem Haus. Sie ist stumm, daher spreche ich für sie.«

»Haben Sie eine Nummer für mich?«, erwiderte der Mann hinter dem Tresen distinguiert.

Katja schob ihm einen Zettel mit der Nummer zu, die sie ermittelt hatten. Er entschuldigte sich kurz und überprüfte die Nummer in seinem Computer. Dann sagte er: »Das ist richtig. Dieses Schließfach gehört Ramona und Katja Krömer, jede der Damen hat uneingeschränkte, alleinige Verfügungsgewalt. Darf ich Sie bitten, sich auszuweisen?«

Katja gab ihm auch ihren Personalausweis. Nachdem der Angestellte sich von ihrer Identität überzeugt hatte, bat er die beiden, in einer der Sitzgruppen Platz zu nehmen und einen Moment zu warten. Nach zehn Minuten erschien aus dem hinteren Trakt des Gebäudes ein schlanker Herr von etwa 55 Jahren. Er hatte einen akkurat gezogenen Seitenscheitel, graue Schläfen und trug einen schwarzen Anzug. Mit einem freundlichen Lächeln stellte er sich als ihr Kundenbetreuer vor.

Er betrat mit ihnen einen Aufzug, der ins Untergeschoss fuhr. Dort erwarteten sie zwei bewaffnete Sicherheitskräfte, die ihnen eine zentimeterdicke Stahltür öffneten. Dahinter folgten sie ihrem Betreuer durch einen langen Gang in einen kleinen Raum. Dieser war mit barocken Tapeten ausgekleidet und beherbergte einen Tisch und vier geschmackvolle Sessel, wie sie sie bereits aus dem Foyer kannten. Dazwischen stand ein Servierwagen, und der Mann bat sie, hier zu warten und sich an den bereitgestellten Getränken zu bedienen.

Kurz darauf kam er zurück und stellte eine silberne Metallbox auf den Tisch, etwa so groß wie vier Schuhkartons.

»Das ist Ihre«, sagte er freundlich. »Möchten Sie, dass ich bei Ihnen bleibe, oder möchten Sie alleine sein?«

Rique ging um den Tisch herum und betrachtete die Box von allen Seiten. Nirgendwo konnte er irgendeinen Öffnungsmechanismus entdecken. Kein Schloss, keine Tastatur, kein Bedienfeld, keine Zahlenrädchen. Nichts.

»Wie macht man die auf?«, fragte er verwirrt.

»Diese Box ist mit einer Stimmerkennung gesichert.

Sie öffnet sich nur durch eine ganz bestimmte und einzigartige Stimmfrequenz. Frau Krömer hatte stets ein kleines Diktiergerät dabei, mit der Aufnahme einer...«, er hielt kurz inne, »...ich denke, es war die Aufnahme einer unsicheren Kinderstimme, wenn Sie mich fragen. Haben Sie diese Aufnahme nicht dabei? Ohne sie können Sie die Box nicht öffnen, tut mir leid.«

Rique und Katja sahen sich einen Augenblick verwundert an. Sie verband eine gemeinsam empfundene Vorahnung.

»Wir wären Ihnen sehr verbunden, wenn Sie uns alleine ließen«, wandte sich Rique an den hilfsbereiten Angestellten.

»Natürlich! Drücken Sie hier drauf, wenn Sie mich brauchen.« Er zeigte auf einen kleinen Knopf neben der Türe. Dann drehte er sich um, verließ den Raum und schloss die Tür hinter sich.

Sie setzten sich an den Tisch und starrten gebannt auf die Box. Rique und Katja verstanden sich in diesem Moment ohne Worte. Beiden war klar, dass ihre Mutter eine dieser damals für Katja lästigen Sprechübungen aufgenommen und für diese Box als Schlüssel verwendet haben musste. Die Frage war, ob es auch auf bestimmte Worte ankam oder nur auf die Klangfrequenz.

Rique zog Ramonas Abschiedsgedicht aus der Tasche und zeigte Katja die letzte Zeile:

Vergib mir laut, ich liebe Dich

»Ich glaube...«, sagte er und deutete auf das Komma, »...dass hier kein Komma hingehört, sondern ein Doppelpunkt.« Er sah Katja an, und sie nickte zustimmend. Das war einleuchtend.

Sie drehte ihr Gesicht zu der silbernen Box auf dem Tisch und öffnete ihren Mund. Rique hielt den Atem an. Er sah eine flüchtige Röte auf ihren Wangen und bekam eine Gänsehaut. Noch kam kein Ton über ihre Lippen. Katja kämpfte mit ihrem Unbehagen, Laute zu erzeugen, die sie selber nicht hören konnte. Sie fühlte sich dabei verletzlich und ausgeliefert. Ihr Mund schloss sich wieder. Sie drehte sich zu Rique, erfasste seine kräftigen Hände mit den ihren und sah ihm hilfesuchend in die Augen. Bevor er wusste, wie er sie beruhigen konnte, öffneten sich ihre Lippen, und tief aus ihrer Kehle sickerte ein mühsames und kindlich-helles »*Ih liibe dih*« hervor.

Der Deckel der Box sprang an einer Seite einen Millimeter nach oben. Rique ignorierte es. Er schluckte, sein Herz raste, und in seinem Bauch kribbelte alles. Dann fragte er Katja, wie »Ich liebe Dich« in Gebärdensprache ginge. Sie ließ seine Hände los und machte es ihm vor. Dann empfing sie sein Liebesbekenntnis, und es rührte sie, dass er dies nun in ihrer Sprache sagte und dabei mit seinen Händen ebenso unsicher war, wie sie es in seiner Sprache war. Keinen von beiden kümmerte in diesem Moment die offene Box.

Sie hielten und sie küssten sich.

Erst danach öffneten sie den aufgesprungenen Deckel vollends und sahen in die Box hinein. Auf ihrem Boden fanden sie zwei Mappen, auf denen eine Visitenkarte lag. Sonst war nichts in der Box, kein Brief und auch keine Erklärung.

Es handelte sich um Laborergebnisse eines anerkannten Hamburger Instituts, die über 15 Jahre alt waren. Die eine Untersuchung schloss mit absoluter Sicherheit Lorenzo Marone als Katjas Vater aus. Die andere hingegen, ein sogenannter Geschwistertest, konstatierte mit 99%iger Sicherheit, dass Katja Krömer, Annika Peters und Björn Flemming Halbgeschwister seien, von verschiedenen Müttern, aber vom gleichen Vater. Genannt wurde der Vater in der Mappe nicht. Katja sah Rique fragend an. Diese Namen, Annika Peters und Björn Flemming, sagten ihr überhaupt nichts. Sie betrachteten die vorgefundene Visitenkarte. Sie gehörte einem Helmut Janssen, Journalist bei der Hamburger Morgenpost. War das Katjas Vater?

Sie würden es bald wissen.

Helmut Janssen war ein Mann von Anfang fünfzig. Er saß hinter einem voll gepackten Schreibtisch in seinem Redaktionsbüro. Als Rique und Katja herein gebeten wurden, stand er auf und begrüßte seine Besucher mit einem festen Händedruck. Er bat sie, vor seinem Schreibtisch Platz zu nehmen und setzte sich selbst wieder dahinter. Eine Sekretärin brachte ihnen

Kaffee.

»Sie sagten, es sei wichtig und dringend«, begann er das Gespräch, »was kann ich also für Sie tun?« Aufmerksam sah er seine Besucher an.

Rique überreichte ihm die Visitenkarte, die sie gefunden hatten, und zeigte ihm dann auf seinem Handy Fotos der Labormappen.

»Das ist ein negativer Vaterschaftstest«, erklärte er dazu, »und das hier ein Nachweis über die Halbgeschwisterschaft von Katja Krömer, einer Annika Peters sowie einem Björn Flemming. Bei diesen Unterlagen war auch Ihre Karte. Herr Janssen, ich frage Sie direkt heraus, was Sie damit zu tun haben.«

Der Journalist stellte seine Kaffeetasse wieder ab, die er sich gerade noch zum Mund hatte führen wollen und sah zuerst Katja und dann Rique lange an.

»Sie sind Katja Krömer?«, fragte er an die junge Frau gerichtet. Katja nickte.

»Ich freue mich sehr, Sie kennen zu lernen. Haben Sie diese Unterlagen dabei? Ist es jetzt soweit?«, fragte er und schien alles, womit er bis dahin beschäftigt war, vergessen zu haben.

»Frau Krömer ist taubstumm, Herr Janssen«, mischte sich Rique ein. »Sie kann Ihnen von den Lippen lesen, wenn Sie artikuliert sprechen. Ansonsten gestalte ich die Unterhaltung, und um auf Ihre Frage zu antworten: Nein, wir haben die Unterlagen aus Sicherheitsgründen nicht dabei. Sie befinden sich in einem Bankschließfach. Ich muss Sie also enttäuschen.«

»Warum sind Sie dann hier?«, wollte Janssen wissen und lehnte sich langsam in seinem Drehstuhl zurück. Rique sah Katja von der Seite an, als suche er ihr stummes Einverständnis für das, was er nun sagen wollte.

»Herr Janssen, wir wissen nicht, was es mit diesen Unterlagen auf sich hat. Wir wissen auch nicht, was Sie damit zu tun haben. Sind Sie der Vater von Katja, Annika und Björn? Wir kennen auch die Familien Peters und Flemming nicht. Katjas Mutter Ramona ist vor vier Tagen umgebracht worden. Ihre Leiche befindet sich noch im gerichtsmedizinischen Institut. Sie hat diese Unterlagen Katja hinterlassen, allerdings haben wir bisher keine Erklärung dazu von ihr finden können. Können Sie uns aufklären?«

Helmut Janssen wurde erkennbar blass, und er begann, durch den offenen Mund zu atmen. Langsam richtete er sich in seinem Stuhl wieder nach vorne, sah beide nacheinander an und fragte dann: »Ist Luka Marone auch tot?«

Rique und Katja sahen sich verwundert an, dann nickten sie gleichzeitig. Helmut Janssen sank erschüttert zurück und hielt sich sichtlich betroffen die Hand vor den Mund. Dann rieb er sich nachdenklich zuerst die Schläfen und danach die Augenlider. Sie konnten sehen, dass sich seine Stirn in Sorgenfalten legte. Es war deutlich zu sehen, dass er mit sich rang.

»Sie hat keinerlei Ahnung? Sie kennt die Geschichte ihrer Mutter nicht?«, flüsterte er in Riques Richtung, so als glaube er, dass Katja ihn nur so nicht hören könne. Rique sah ihn ernst an und schüttelte den Kopf.

»Frau Krömer, Herr Allmers, ich warte seit vielen Jahren auf diese Laborergebnisse. Sie sind für mich bestimmt. Sie beweisen eine Geschichte, die seit ebenso vielen Jahren in meiner Schublade liegt und seitdem darauf wartet, veröffentlicht zu werden. Es ist eine extrem brisante Story, die ein gesellschaftliches und wirtschaftspolitisches Erdbeben in Hamburg auslösen wird, das kann ich Ihnen versprechen. Sie wird zwei angesehene Existenzen zerstören, und ich wünsche mir seit Jahren nichts sehnlicher, als diese Geschichte zu schreiben und damit zwei widerliche Verbrecher ans Licht zu zerren und an den Pranger zu stellen. Aber das geht nur mit diesen Laborergebnissen. Sie enthalten den Beweis für alles.«

Er stand auf und ging zu einer großen, gerahmten Urlaubsfotografie an der Wand. Er nahm sie kurz ab, so dass ein kleiner Wandtresor dahinter sichtbar wurde. Dann hängte er das Bild wieder darüber und setzte sich erneut hin.

»In diesem Tresor bewahre ich drei notariell beglaubigte, eidesstattliche Erklärungen auf, mit denen vor einigen Jahren drei Frauen an mich heran getreten sind. Darunter Ramona Krömer. Sie erzählten mir ihre Geschichten und baten mich, diese öffentlich zu machen, sobald sie mir auch diese Testergebnisse aushändigen würden. Es sei die Story meines journalistischen Lebens, sagten sie. Sie hatten Recht.

Diese Story wird mich sehr berühmt machen. Allerdings hätte eine Veröffentlichung das Leben von Ramonas Sohn Luka gefährdet. Ramona Krömer war eine Schlüsselperson in dieser Angelegenheit. Deswegen vereinbarten wir gemeinsam, alle drei Frauen und ich, dass nur sie die Laborergebnisse sicher verwahrt. Eine Veröffentlichung sollte erst erfolgen, wenn Frau Krömer ihr Einverständnis dazu gibt. Dann nämlich, wenn ihrem Sohn etwas zustieße oder sich die Gesamtsituation anderweitig verändert habe.«

»Wie sind diese Frauen ausgerechnet auf Sie gekommen, Herr Janssen?«, fragte Rique.

Der Journalist sah ihm ernst in die Augen, dann sah er unsicher Katja an. Er nahm den Telefonhörer ab und drückte eine Kurzwahl.

»Uwe, schickst du mir bitte Tatjana hinauf? Es ist sehr wichtig. Danke!«

Die Frau, die kurz darauf das Büro betrat, war etwa Mitte oder Ende vierzig. Die Jahre hatten nur geringe Spuren der Zeit in ihrem Gesicht hinterlassen. Rique und Katja erkannten sofort die außergewöhnliche, natürliche Schönheit dieser Frau. Sie war groß und schlank, hatte volles und langes schwarzes Haar, große blaue Augen und hochstehende Wangenknochen. In jungen Jahren könnte sie ein gefragtes Model gewesen sein.

»Tatjana Flemming hatte hier ein Jahr zuvor als Sekretärin angefangen. Sie hat Nayla Peters und

Ramona Krömer zu mir gebracht«, stellte Janssen sie vor. »Tatjana, das ist Katja Krömer. Sie weiß von nichts. Ihre Mutter hat ihr offenbar bis zum Schluss alles verschwiegen. Mir fällt es schwer, sie aufzuklären. Ich denke, das kannst du besser.«

Die Frau legte sich ungläubig die Hand vor den Mund. Als Katja aufstand, um ihr die Hand zu geben, nahm Tatjana Flemming sie unvermittelt in den Arm und fing an zu weinen. Dann nahm sie sich einen Stuhl, und die beiden Frauen setzten sich dicht gegenüber. Tatjana wusste wohl, dass Katja nichts hören konnte, denn sie artikulierte ihre Worte bewusst deutlich, ohne darauf aufmerksam gemacht worden zu sein.

»Sie hat dir überhaupt nichts erzählt?«

Katja schüttelte den Kopf. Tatjana Flemming vergrub ihr Gesicht in ihren Händen und kämpfte wieder mit ihrer Fassung. Sie schluckte und weinte. Katja ergriff ihre Hände und zog sie sanft von ihrem mit Tränen überströmten Gesicht. Sie hielt sie fest und formte ein *Bitte* mit ihren Lippen.

»Es ist nicht schön, Katja. Nicht schön. Gar nicht schön«, brachte sie leise hervor. Katja drehte sich zu Rique um und sah ihn unsicher an. In seinem Blick erkannte sie dieselbe sorgenvolle Ratlosigkeit, die sie empfand. Er war ebenso beunruhigt und angespannt wie sie.

»Ich stamme aus Rumänien«, begann Tatjana nun ihre Geschichte, »genau wie deine Mutter und Nayla Peters. Wir haben alle später einen deutschen Mann geheiratet. Mitte 1990 wurden wir, wie viele andere junge Mädchen, mit dem falschen Versprechen nach Deutschland geschleust, hier in der Gastronomie zu arbeiten. Tatsächlich zwang man uns zur Prostitution.«

Katja wich die Farbe aus dem Gesicht. Sie dachte an ihre Mutter, die ihr das niemals erzählt hatte. Aber sie fand zunächst auch keinen Grund, dieser fremden Frau nicht zu glauben. Tatjana räusperte sich und erzählte nun flüssiger:

»Wir wurden nach Aussehen, Bildung und Herkunft in drei Kategorien einsortiert. Die Mädchen der dritten Kategorie verkauften die Schleuser an verschiedene billige Bordelle. Die zweite Kategorie kam in gehobenere Clubs, und die erste Kategorie setzte sich aus Mädchen und Frauen zusammen, die außergewöhnlich hübsch und gebildet waren. Nayla, Ramona und ich fanden uns in dieser Kategorie wieder. Frauen der ersten Kategorie wurden direkt an die großen Bosse verkauft. Wir drei gehörten zu einer Gruppe von Frauen, die zu Lorenzo Marone kamen. Wir mussten seine wichtigsten Kunden und Geschäftspartner befriedigen.«

Katjas Hände umklammerten so krampfhaft die Stuhllehnen, dass ihre Handrücken fast weiß wurden. Sie starrte diese Frau an, verwirrt, geschockt, fassungslos. Doch bei dem, was Tatjana Flemming nun berichten sollte, musste sie sich zwingen, nicht in Tränen auszubrechen oder ihr Gesicht in ihren Händen zu vergraben. Mühsam rang sie um ihre

Selbstbeherrschung, die sie brauchte, um den sprechenden Lippen folgen zu können. Und diese Lippen würgten die nun kommenden Worte mehr heraus, als dass sie sie formten. So sehr bewegten Tatjana die eigenen Erinnerungen an diese Zeit.

»Einer dieser Männer war süchtig danach, neu eingetroffene Frauen als Erster zu vergewaltigen. Zu einem Zeitpunkt, an dem noch kein anderer sie hatte. Zu einem Zeitpunkt, als wir noch nicht resigniert hatten und abgestumpft waren, sondern in dem Moment, als unsere Angst, unsere Abscheu und unser Widerwille noch am größten waren. Das genoss dieser Mann. Sein Name ist Werner Hecht, ein hoher und einflussreicher Beamter der Stadtentwicklungsbehörde.«

»Hecht...«, murmelte Rique in sich hinein.

»Dazu eingeladen hatte ihn stets der eigentliche Geschäftspartner von Lorenzo Marone, Gerhard Stör, einer der Inhaber des berühmten Hamburger Architekturbüros Stör & Stör.«

»Hecht und Stör...«, wiederholte Rique leise.

»Stör ermöglichte und bezahlte diese teure und perverse Leidenschaft von Hecht. Stör selbst wohnte diesen Erstvergewaltigungen stets bei. Er ergötzte sich dabei an unserer Verzweiflung und an unserem vergeblichen Widerstand. Damit befriedigte er sich und entlud sich dann über uns. Die beiden haben sich auf diese Weise an Dutzenden von uns vergangen, auch an mir, an Nayla und an deiner Mutter.«

Rique legte Katja vorsichtig die Hand auf die Schulter, um ihr zu zeigen, wie nah er bei ihr war. Sie drehte sich zu ihm um. Ihre Augen waren geweitet und schwammen in Tränen. Er nahm sie in seine Arme. Schluchzend verlor sie ihre Fassung. Sie brauchte mehrere Minuten, bis sie sich von Rique lösen und sich wieder zu Tatjana drehen konnte.

»Nachdem er uns Hecht und Stör überlassen hatte, nahm sich Marone die in seinen Augen schönste von uns zur dauerhaften und exklusiven Gespielin. Das war Ramona. Von da an musste sie nicht mehr mit anderen Freiern schlafen, sondern nur noch mit ihm. Dann wurde deine Mutter mit Zwillingen schwanger, mit dir und Luka. Das passierte nicht selten. Sie war nicht die einzige, die in dieser Zeit schwanger wurde. Die Kinder dieser Frauen wurden damals stets in einer von Marone kontrollierten Privatklinik zur Welt gebracht und mit allen erforderlichen Dokumenten versehen. Und bald nach der Schwangerschaft mussten die Mütter wieder ran. Ein halbes Jahr nach eurer Geburt hatte sich Marone eine neue Gespielin ausgesucht. Deine Mutter war fortan für ihn wieder nur eine von mehreren Frauen, die er bei sich zu Hause gefangen hielt und die dort seine Geschäftspartner bedienen mussten. Fast drei Jahre lang war sie dort. Dann verliebte sich einer ihrer regelmäßigen Freier in sie, Leonard Krömer, ein Juwelier, dein späterer Adoptivvater. Er versprach ihr, sie da rauszuholen, wenn sie ihn dafür heirate. Damit war deine Mutter einverstanden.«

Katja hielt sich inzwischen die Hände vor den Mund. Ihr wurde schlecht. Sie verspürte immer wieder den Impuls, sich zu übergeben. Sie zweifelte aber keinen Moment mehr an Tatjanas Bericht. Auch wenn ihr Körper vor Verzweiflung zitterte, blieben ihre Augen an Tatjanas Lippen.

»Krömer musste sie Marone abkaufen. Zu einem sehr hohen Preis. Der Preis, den sie selbst bezahlen musste, war ungleich höher: Luka. Lorenzo Marone war davon überzeugt, dass er euer Vater sei. Und er wollte und brauchte einen Sohn. Er überließ dich deiner Mutter, bestand aber darauf, Luka zu behalten. Deine Mutter akzeptierte, auch wenn es ihr extrem schwer fiel und sie all die Jahre sehr darunter gelitten hat.«

Inzwischen spürte Katja nichts mehr. Sie fühlte sich nur noch leer und ausgepumpt. Rique war mittlerweile mit seinem Stuhl neben sie gerückt und hielt ihre Hand.

»Nayla und ich sollten noch zwei weitere Jahre in dieser Hölle leben. Dann aber beendete Lorenzo Marone sein Geschäft mit der Prostitution und verlegte sich auf andere kriminelle Felder. Wir wurden an Bordelle verkauft, lernten irgendwann unsere heutigen Männer kennen und leben seitdem in einer relativen Normalität. Wir drei trafen uns ab und zu. Nicht oft, denn jedes Wiedersehen brachte frühere Bilder zurück und riss alte Wunden auf. Aber bei einem dieser Treffen redeten wir darüber, dass wir nahezu gleichzeitig schwanger geworden waren. Ramona berichtete, dass sie ihre Schwangerschaft schon gefühlt hatte, noch bevor Lorenzo sie ein paar Tage später zu seiner Gespielin nahm. Wir vermuten, dass dieser Widerling Werner Hecht uns drei geschwängert hat. In den letzten zwanzig Jahren durfte Ramona ab und zu Lorenzo Marone besuchen, um ihren Sohn zu sehen, vorausgesetzt sie gab sich ihm nicht als seine Mutter zu erkennen. Bei einem dieser Besuche entwendete sie unbemerkt ein paar von Marones Haaren vom Kragen einer seiner Jacken. Wir bezahlten einen Vaterschaftstest und stellten fest, dass er nicht euer Vater ist. Dann ließen wir ein sehr aufwendiges Verfahren machen, einen sogenannten Geschwistertest. Damit kann man auch ohne eine Probe des Erzeugers feststellen, dass unsere Kinder alle denselben Vater haben müssen. Wir sind uns sicher, dass es Hecht ist. Deine Mutter hat vor ein paar Jahren Marone von den Ergebnissen erzählt. Er war geschockt, dass Luka doch nicht sein Sohn sei. Ramona hoffte, er gäbe ihn ihr zurück, aber das tat er nicht. Er benutzte ihn stattdessen als Druckmittel, um sich selbst und seinen Geschäftsfreund Stör vor der Veröffentlichung dieser Akten zu schützen.«

Nachdem Tatjana Flemming geendet hatte, sagte lange niemand etwas. Die Stille legte sich wie Blei auf alle Anwesenden. Dann plötzlich presste Katja ein kehliges »*Heh*« hervor, stand auf und zeigte auf das Urlaubsbild, hinter dem sie den Wandtresor wusste. Helmut Janssen stand auf, nahm das Bild ab und öffnete den Tresor. Er holte die eidesstattlichen

Erklärungen der drei Frauen heraus und reichte sie Katja. Die nahm nur jene ihrer Mutter und überflog die Zeilen, als ob sie sich vergewissern musste, dass das soeben erfahrene Grauen tatsächlich bitterer Ernst war. Dann gab sie sie Janssen zurück, ging zu Tatjana Flemming und umarmte sie. Die beiden Frauen hielten sich stumm eine Weile, dann nahm Tatjana Katjas Gesicht in die Hände, um sie direkt ansprechen zu können.

»Katja, es tut mir sehr leid. Die Wahrheit tut mir leid. Du tust mir leid. Es tut mir um Ramona und deinen Bruder leid. Diese beiden Männer und Lorenzo Marone haben sehr, sehr viel Leid über viele Menschen gebracht. Und deine Mutter und wir haben viele Jahre darauf gewartet, diese perversen Arschlöcher ans Licht zu zerren und öffentlich zu brandmarken. Ihre Taten sind leider inzwischen verjährt, wir können sie nicht mehr ins Gefängnis bringen. Aber wir können sie und ihre Familien zerstören. Und vermutlich auch ihre Existenz. Stör & Stör sind in den 90ern so groß und berühmt geworden, weil sie alle lukrativen Aufträge von der Stadtentwicklungsbehörde bekamen. Wir wissen, warum. Das würde alles aufgerollt, sie kämen auf die schwarze Liste für öffentliche Aufträge und müssten vermutlich eine so hohe Strafe zahlen, dass sie sich nicht mehr davon erholen würden.«

Sie sah Katja eindringlich an.

»Gib uns die Unterlagen. Bitte!«, flehte sie.

Katja löste sich von ihr, drehte sich zu Janssens

Schreibtisch, nahm einen Stift und riss ein Stück Papier aus einem dort liegenden Schreibblock. Dann schrieb sie etwas auf, drückte Tatjana diesen Zettel in die Hand, ergriff Rique und zog ihn mit sich hinaus. Der Journalist und die Sekretärin sahen ihnen verwundert hinterher. Dann drehte Tatjana Flemming den Zettel in ihrer Hand und las:

Sie haben tausendmal mehr erlitten, als ich es heute musste. Ich danke Ihnen für alles. Ich denke über Ihre Worte nach und melde mich wieder hier.

8

Als Werner Hecht ein paar Tage später aus seinem Büro nach Hause kam, erkannte er schon von Weitem den silbernen Audi seines Freundes Gerhard Stör in der Einfahrt seines Grundstückes. Am Fahrbahnrand sah er außerdem Marones Mercedes. Er parkte seinen eigenen Audi direkt dahinter, stieg aus und ging auf den Hauseingang zu. Als er ihn fast erreicht und den Schlüssel bereits in der Hand hatte, wurde die Tür von innen geöffnet. Seine Frau stand im Türrahmen und begrüßte ihn etwas unsicher.

»Werner, wir haben Besuch.«

»Das sehe ich, Schatz«, erwiderte er.

»Aber Gerhard ist nicht allein. Er hat einige fremde Leute mitgebracht«, sagte sie, ohne ihm den Weg freizumachen.

»Fremde Leute...?«, murmelte er nachdenklich und drängte sich an seiner Frau vorbei ins Haus.

Er stellte seinen Aktenkoffer in der Diele ab und betrat das Wohnzimmer. An der Terrassentür stand sein Freund Gerhard Stör und sah hinaus in den Garten. In einem der beiden Sessel saß Lorenzo Marone, den er schon seit Jahren nicht mehr gesehen hatte. Vor der Schrankwand standen zwei seiner Männer, die Arme vor der Brust verschränkt. Aber was ihn am meisten verunsicherte, waren der junge Mann und die beiden jungen Frauen, die nebeneinander auf dem Sofa saßen und ein ihm ebenso unbekannter, durchtrainierter

Mann von etwa 30 Jahren, der in dem anderen Sessel saß.

»Was hat das hier zu bedeuten?«, fragte er gereizt.

»Gerhard, was ist hier los?«

Hinter ihm betrat seine Frau das Wohnzimmer. Sie trug ein großes Tablett mit Tassen, Milch, Zucker und einer Schüssel mit Keksen. Niemand sagte etwas. Stör hatte sich umgedreht und sah Werner Hecht ruhig an. Dessen Frau verließ den Raum wieder, um kurz darauf mit zwei vollen Kannen Kaffee zurück zu kommen. Sie verteilte die Tassen an die sitzenden Gäste und stellte weitere auf den Esstisch, der an der Wand zur Küche stand.

»Für Sie«, sagte sie an die beiden grimmigen Männer vor der Schrankwand gerichtet, die nicht darauf reagierten. Noch immer sprach niemand ein Wort. »Marlies, lass uns bitte allein«, war plötzlich Hechts Stimme zu hören.

»Aber...«

Er packte seine Frau unsanft am Arm und drückte sie zur Tür hinaus, die er hinter ihr verschloss.

»Also?«

Gerhard Stör zeigte auf die drei jungen Leute auf dem Sofa und sagte: »Werner, das sind deine Kinder. Und dieser Herr«, er zeigte auf Rique, »vertritt sie.«

»Wie bitte? Hast du sie noch alle? Was soll der Scheiß? Ich kenne diese Bande nicht. Verlasst sofort mein Haus!« Er wurde laut.

Niemand, bis auf Gerhard Stör, reagierte.

Dieser ging zum Esstisch, ergriff einen der Stühle, platzierte diesen vor dem Couchtisch und drückte seinen konsternierten Komplizen darauf.

»Setz dich hin, Werner«, sagte er bestimmt, »wir müssen reden.« Dann ging er zurück zur Terrassentür und schaute wieder in den Garten hinaus, während er weitersprach.

»Wir haben viele junge Frauen aus Osteuropa missbraucht, Werner.«

»Gerhard...!«, fuhr ihm Hecht nervös ins Wort.

»Sei still!«, kam es von diesem barsch zurück. »Drei von denen haben Kinder bekommen.« Er drehte sich wieder zu Hecht, zeigte aufs Sofa und sagte: »Das sind diese Kinder.«

»Was habe ich damit zu tun?«, empörte sich der 60jährige Abteilungsleiter der heutigen Behörde für Stadtentwicklung und Wohnen und stand auf. Aber einer von Marones Männern drückte ihn von hinten wieder auf seinen Sitz. Stör fuhr fort:

»Sie haben einen DNA-Test, der beweist, dass sie Halbgeschwister sind. Verschiedene Mütter, aber den gleichen Vater.«

»Na und? Das kann jeder sein. Keine Ahnung, wie viele damals da drüber gerutscht sind.«

Björn Flemming sprang auf und langte über den Couchtisch hinweg nach Hechts Kragen, aber seine beiden Halbschwestern zogen ihn zurück aufs Sofa. Dann war wieder Stör zu hören:

»Eine der drei Mütter wurde schwanger, nachdem

sie ausschließlich und nur mit dir zusammen sein musste.«

Jetzt wurde Hecht bleich, als er die Tragweite dieser Aussage erkannte. Er verlor erkennbar jegliche Körperspannung und sackte in sich zusammen. »Was wollen sie?« Seine Stimme war jetzt leise und kraftlos.

»Die ganze Sache in die Morgenpost bringen«, antwortete ihm Marone kühl.

Hecht fing an zu zittern. Er griff nach einer Packung Zigaretten in seiner Jacke und versuchte, sich eine anzuzünden, was ihm jedoch nicht gelingen wollte. Rique beugte sich vor und half ihm. Der Mann nahm hastig ein paar Züge. Dabei war es ihm in diesem Moment völlig egal, dass er im Haus nicht rauchen durfte. Vor seinem inneren Auge entfaltete sich ein Schreckensszenario:

Umfangreiche Untersuchungen, ein riesiger Skandal über Zwangsprostitution, über dutzende Vergewaltigungen und über Korruption im ganz großen Stil, Disziplinar- und Strafverfahren, zuerst Suspendierung, dann Entlassung, nicht zuletzt Verlust der Pensionsansprüche, Schadenersatzforderungen in Millionenhöhe, Scheidung. Er sah seinen Namen und sein Gesicht in allen Zeitungen und im Fernsehen. Für alle Menschen immer verbunden mit der unfassbaren Widerlichkeit, derer er sich schuldig gemacht hatte. Auch für Stör bedeutete diese Katastrophe das Ende seiner Existenz. Marone, dem die Ermittlungsbehörden bisher nie eine Verbindung zur Mafia haben nachweisen können, wäre als Drahtzieher und Mafiaboss entlarvt und würde für viele andere Delikte lange Zeit im Gefängnis verschwinden.

»Können wir uns nicht anderweitig einigen?«, fragte er mit einem panischen Zittern in der Stimme und warf den Rest der Kippe in eine leere Kaffeetasse.

»Deswegen sind diese Menschen hier, Werner«, sagte der bekannte Architekt, der wieder in den Garten hinaus sah. Stör bemühte sich sichtlich darum, trotz der auch für ihn beschämenden und bedrohlichen Situation souverän und überlegen zu erscheinen. In seinem Ton lag eine Kälte, die seinen nervösen Freund Hecht in die Enge trieb. »Der Herr im Sessel neben dir, der leider nicht so freundlich war, uns seinen Namen zu nennen, hat gesagt, sie seien zu einem Handel bereit.«

Hecht sah zu Rique. »Wie viel?«, fragte er.

»Es geht nicht nur um Geld«, antwortete dieser ganz ruhig.

»Sagen Sie, was Sie haben wollen.«

»Zunächst einmal«, begann Rique, »ist es unerlässlich, dass die betroffenen Frauen und ihre Kinder vor kuriosen Autounfällen und ähnlichen Unglücken sicher sind.« Bei diesen Worten wechselte er einen vielsagenden Blick mit dem ihm gegenüber sitzenden Mafiaboss.

»Mir scheint, sie leben sicherer, wenn sie die Story nicht veröffentlichen. Wir haben daher die eidesstattlichen Erklärungen der betroffenen Mütter und auch die Laborergebnisse der Detektei *Chase* anvertraut. Die dürfte Ihnen ja sicher ein Begriff sein. Zweitens möchten wir Sie natürlich nicht vor den finanziellen Aufwendungen bewahren, die im Falle einer Veröffentlichung auf Sie zukämen. Uns schweben da 3,2 Millionen Euro vor, die Sie sicher mühelos gemeinsam aufbringen können. Diese Summe ist garantiert viel kleiner, als das, was Sie im Falle einer Veröffentlichung zu erwarten hätten.«

Werner Hecht schöpfte Hoffnung. Er würde zu dieser Summe trotz seiner hohen B-Besoldung nur einen kleinen Teil beitragen können. Aber er konnte die Vermögenssituation von Marone und vor allem von Stör einschätzen. Er wusste daher, dass der fremde Mann neben ihm eine Summe vorgeschlagen hatte, die aufzubringen keine großen Probleme bereiten würde. Vor allem Stör käme vergleichsweise glimpflich davon, trotz der Tatsache, dass dieser den größten Teil der Summe würde beisteuern müssen.

»Ich schlage vor«, fuhr Rique fort, »dass Sie jeder der drei betroffenen Familien 400.000 Euro als Schmerzensgeld zukommen lassen. Die restlichen zwei Millionen Euro spenden Sie anonym an die *Mai-Stiftung*. Sie hilft Frauen, aus der Prostitution auszusteigen und fördert das Aufspüren von Zwangsprostituierten und deren Schleusern.«

Marone, Stör und Hecht tauschten Blicke aus. Dann nickten sie. »Einverstanden.«

»Aller guten Dinge sind ja bekanntlich drei«, setzte Rique wieder an. »Eine Forderung habe ich noch, und die ist entscheidend. Wird sie nicht erfüllt, platzt der gesamte Deal.«

Die drei Verbrecher sahen ihn misstrauisch an und warteten darauf, dass er weitersprach.

»Ich möchte Namen von Ihnen. Wo werden hier aktuell illegal eingeschleuste Frauen festgehalten und Leuten wie Ihnen angeboten? Wer sind die Anbieter, wer die Schleuser?«

Lorenzo Marone reagierte zuerst:

»Tut mir leid, aber das kann ich nicht sagen, weil ich es nicht weiß. Wirklich nicht. Aus diesem Geschäft habe ich mich schon vor 15 Jahren zurückgezogen. Die, die das damals organisiert haben, gibt es heute nicht mehr. Dieses Feld wurde in den letzten Jahren komplett von den Russen übernommen. Meine rumänischen Partner wurden vollständig verdrängt. Und von den Russen halte selbst ich mich fern.« Der Sizilianer hatte während der ganzen Unterhaltung keine Sekunde seine Contenance verloren.

»Tut auch mir leid, Mr. Unbekannt«, schloss sich Stör eilfertig an. »Seit Marone das nicht mehr macht, haben auch Werner und ich keine Verbindungen mehr. Wir sind schon lange sauber, wenn Sie so wollen. Das alles ist lange her.«

»Gerhard!«, fauchte Hecht seinen Freund an. »Versuch jetzt keine Tricks. Lass es uns hier und heute zu Ende bringen.«

Er erntete von Stör einen vernichtenden Blick.

Rique zog die Augenbrauen hoch und musterte den

Architekten. Der erwiderte den Blick zunächst, konnte ihm aber nicht lange standhalten. Dann presste er innerlich bebend die Lippen aufeinander, gab auf und griff in die Innentasche seines Jacketts. Er holte ein abgegriffenes Adressbuch heraus und blätterte darin bis zu einer bestimmten Seite. Er riss sie heraus und übergab Rique das Papier, ohne ihn dabei anzusehen. Rique nahm es und las zwei Namen mit Telefonnummern. Er nickte Stör zu. »Dann sind wir uns also einig, meine Herren. Sie haben mein Wort, dass *Chase* die Dokumente sicher und schweigend aufbewahren wird, es sei denn, einer der Frauen oder ihren Kindern passiert etwas. Die Geldzuweisungen erwarten wir innerhalb der nächsten vier Wochen. Das geht, oder?« Die drei Verbrecher nickten.

»Nachdem zwei von Ihnen gestorben sein werden«, fügte er entgegenkommend hinzu, »wird *Chase* die Originalunterlagen dem letzten noch lebenden von Ihnen zustellen lassen. Und der kann sie dann von mir aus gerne verbrennen.«

Katja Krömer, Annika Peters und Björn Flemming standen auf und verließen vor Rique das Haus von Werner Hecht. Sie sahen niemanden mehr an und verabschiedeten sich auch nicht.

*

Es war bereits Mitternacht, und Rique war immer noch wach. Er lag in seinem Bett auf dem Rücken und genoss den Moment. Katjas Kopf lag auf seiner Brust. Auch sie war noch wach. Katja wiederum genoss es, dass Rique ihr immer wieder durch die Haare strich, ohne damit aufhören zu können.

Sie küsste seine Brustwarze und umfasste fest seinen muskulösen Oberkörper. Dann aber löste sie sich plötzlich, drehte sich zur Seite und angelte nach ihrem Stift und ihrem Block auf dem Nachttisch. Sie schrieb etwas auf, was sie Rique zu lesen gab:

Weißt Du, welcher von den ausgehandelten Punkten mir am besten gefällt?

Rique schüttelte den Kopf.

Dass wir die Unterlagen dem letzten der drei Verbrecher überlassen, wenn zwei von ihnen tot sind.

Rique strich ihr über die Wange und küsste sie.

Das wird bald der Fall sein, oder?

Rique legte seinen Zeigefinger auf ihre Lippen.

»Schlaf jetzt!«

Bevor er das Licht ausknipste, sagte er ihr noch in Gebärdensprache, dass er sie liebe.

Lesen Sie auch:

CHASE: Jagd auf einen König

CHASE: Jagd auf den Schatz des Zaren

Den auf dem Buchrücken zitierten Buchblog finden Sie hier:

http://magischemomentefuermich.blogspot.de/

Im KopfKino-Verlag sind bisher erschienen:

Thomas Dellenbusch
Der Matrjoschka Code
Das Testament
Der Nobelpreis
Der Weichensteller
Verstecktes Herz
Liebe ist kein Gefühl
Chase – Jagd auf die stumme Dichterin

Lilly M. Daniel
Auch die gute Hoffnung stirbt zuletzt

Pia Recht
Der Herzschlag Connemaras - Kastanienrot

Tanja Bern
Distant Shore – Sterne der See

Annika Dick
Lovely Skye – Ein Sommer in Balnodren

Alle Geschichten sind auch als
eBook oder Hörbuch erhältlich

Ausführliche Lese- und Hörproben finden Sie auf
MeinKopfKino.de